COLLECTION FOLIO

Arto Paasilinna

Le meunier hurlant

*Traduit du finnois
par Anne Colin du Terrail*

Denoël

Titre original :

ULVOVA MYLLÄRI

Arto Paasilinna est né en Laponie finlandaise en 1942. Successivement bûcheron, ouvrier agricole, journaliste et poète, il est l'auteur d'une vingtaine de romans dont *Le Meunier hurlant*, *Le Fils du dieu de l'Orage*, *La Forêt des renards pendus*, *Le Lièvre de Vatanen*, *Prisonniers du Paradis*, tous traduits en plusieurs langues.

NOTE DU TRADUCTEUR

Ce roman commence « peu après les guerres », c'est-à-dire peu après la Seconde Guerre mondiale, marquée en Finlande par deux guerres contre l'U.R.S.S.

En novembre 1939, alors que la Finlande refuse d'accorder à l'U.R.S.S. des bases stratégiques pour la défense de Kronstadt et Leningrad, les Soviétiques bombardent Helsinki. C'est le début de la guerre d'Hiver, qui durera 105 jours et se soldera par de lourdes pertes dans les deux camps. Malgré une résistance courageuse, au nord du lac Ladoga et sur l'axe Oulu-Suomussalmi, la Finlande est contrainte par le traité de Moscou de céder à l'U.R.S.S. une partie de la Carélie et de la Laponie.

En juin 1941, après avoir autorisé le ravitaillement des troupes allemandes de Norvège à travers son territoire, la Finlande doit accepter de coopérer militairement avec le IIIe Reich contre l'U.R.S.S. Elle s'engage dans la guerre de Continuation et se bat pour reprendre ses territoires perdus, jusqu'à ce qu'en août 1944 le recul de la Wehrmacht, découvrant le front du Ladoga, la pousse à entamer des pourparlers de paix. La Finlande

9

signe avec l'U.R.S.S. un armistice l'obligeant à verser de fortes indemnités, à revenir aux frontières de 1940 et à rompre avec l'Allemagne.

Les troupes finlandaises se retournent alors contre les unités du Reich stationnées en Laponie, qui se retirent en dévastant systématiquement la région, où les combats se poursuivront jusqu'en avril 1945.

PREMIÈRE PARTIE

Le moulin du fou

1

Peu après les guerres, il arriva dans le canton un homme de haute taille qui dit s'appeler Gunnar Huttunen. Il ne demanda pas de travaux de pelletage à l'administration des Eaux, comme la plupart des vagabonds venus du Sud, mais acheta le vieux moulin des rapides de la Bouche, sur la rive du Kemijoki. L'opération fut jugée insensée, car le moulin était inutilisé depuis les années 30 et complètement délabré.

Huttunen paya le moulin et s'installa dans sa salle d'habitation. Les fermiers du voisinage et surtout les membres de la coopérative meunière de la Bouche rirent aux larmes de cette vente. On constata que le monde ne manquait apparemment pas de fous, même si la guerre en avait tué beaucoup.

Le premier été, Huttunen remit en état la scie à bardeaux attenante au moulin. Il passa une annonce dans les *Nouvelles du Nord* afin de faire savoir qu'il prenait des commandes de sciage. C'est ainsi que les granges du canton furent désormais couvertes de tuiles de bois débitées au moulin de la Bouche. Les bardeaux de Huttunen revenaient sept fois moins cher que le feutre bitumé produit en usine, que l'on avait d'ailleurs du mal à se procurer depuis que les Allemands avaient brûlé la Laponie, entraînant une terrible pénurie de matériaux de construction. Il fallait parfois donner jusqu'à six bons kilos de beurre au boutiquier du village pour pouvoir charger dans sa carriole un unique rouleau de feutre à toiture. Tervola, le marchand, connaissait le prix de la marchandise.

Gunnar Huttunen mesurait près d'un mètre quatre-vingt-dix. Il avait le cheveu brun et raide, la tête anguleuse : un grand menton, un long nez, des yeux profondément enfoncés sous un front droit et haut. Ses pommettes étaient marquées, son visage étroit. Ses oreilles, bien que grandes, n'étaient pas décollées mais enserraient étroitement son crâne. On voyait que, lorsqu'il était bébé, Gunnar Huttunen avait toujours été couché avec soin. Il ne faut jamais laisser un bébé, pour peu qu'il ait de grandes oreilles, se retourner seul dans son berceau ; les mères doivent tourner de temps en temps les petits garçons, si elles ne veulent pas qu'ils aient plus tard l'oreille basse.

La silhouette de Gunnar Huttunen était mince et droite. Pour marcher, il faisait des enjambées de moitié plus longues que la plupart. Dans la neige, ses traces de pas étaient celles d'un homme normal qui aurait couru. A l'approche de l'hiver, Huttunen se confectionna des skis si longs qu'ils atteignaient le toit d'une maison ordinaire. Quand il les chaussait, sa piste était large et généralement droite, et, comme il était léger, il plantait presque toujours ses bâtons à un rythme régulier. On voyait tout de suite, à l'empreinte des rondelles, si c'était Huttunen qui était passé par là.

On ne sut jamais trop d'où il était originaire.

Certains le disaient d'Ilmajoki, mais d'autres croyaient savoir qu'il était arrivé en Laponie du Satakunta, de Laitila ou de Kiikoiset. Quand quelqu'un lui avait demandé pourquoi il était venu dans le Nord, le meunier avait répondu que son moulin dans le Sud avait brûlé. Il avait aussi perdu sa femme dans l'incendie. L'assurance n'avait compensé ni l'un ni l'autre.

« Ils ont flambé en même temps », avait expliqué Gunnar Huttunen en jetant à son interlocuteur un regard étrangement glacial.

Après avoir ratissé les ossements de sa femme dans les ruines noircies du moulin et les avoir fait mettre en terre consacrée, Huttunen avait vendu les décombres et le terrain, qui lui étaient devenus exécrables, et avait cédé son droit d'eau; puis il avait quitté la région. Il avait heureusement pu trouver ici dans le Nord un moulin passable et, même s'il ne fonctionnait pas encore, les revenus de la scie à bardeaux suffisaient à faire vivre un homme seul.

Le secrétaire de la paroisse put cependant affirmer que d'après les registres de l'église, Gunnar Huttunen, meunier, était célibataire. Comment dans ce cas sa femme avait-elle pu brûler ? On s'interrogea longuement à ce sujet. Mais on ne découvrit jamais la vérité sur le passé du meunier et, finalement, l'affaire perdit son intérêt. On se dit que ce n'était pas la première fois que des bonnes femmes brûlaient ou étaient brûlées, là-bas dans le Sud, et qu'on n'en manquait pas pour autant.

Gunnar Huttunen traversait parfois de longues périodes de dépression. Il lui arrivait, en plein travail, de rester à fixer le lointain, sans motif apparent. Ses yeux sombres luisaient d'angoisse au fond de leur orbite – leur regard était perçant et âpre, mais aussi mélancolique. Quand il regardait son interlocuteur en face, leur éclat brûlant faisait frémir. Quiconque parlait avec Huttunen quand il était d'humeur noire se sentait gagné par une tristesse mêlée d'épouvante.

Mais le meunier n'était pas toujours sombre! Souvent, même, il s'excitait terriblement, sans raison. Il plaisantait, riait et s'amusait, se laissant parfois aller à gambader sur ses longues jambes de la manière la plus cocasse; il faisait craquer les jointures de ses doigts, agitait les bras, tordait le cou, expliquait, s'agitait. Il débitait des histoires incroyables, sans queue ni tête, se moquait allégrement des gens, tapait sur l'épaule des fermiers, les couvrait de louanges imméritées, leur riait à la figure, clignait de l'œil, applaudissait.

Dans ces bonnes périodes de Huttunen, les jeunes du village avaient coutume de se réunir au moulin de la Bouche pour assister aux exhibitions du meunier déchaîné. On s'asseyait dans la salle du moulin comme aux anciens temps, on plaisantait, on racontait des blagues. Dans la pénombre tranquille et joyeuse, dans les sombres odeurs du vieux moulin, on était gai et heureux. Quelquefois, Gunnar – Nanar – allumait dehors un grand feu alimenté de bardeaux secs, sur la braise duquel on faisait griller des lavarets du Kemijoki.

Le meunier était très doué pour imiter les habitants de la forêt et créer par gestes des énigmes animalières, tandis que les jeunes du village jouaient au premier

16

qui devinerait quelle créature il personnifiait. Il pouvait se transformer tantôt en lièvre, tantôt en lemming ou en ours. Parfois il battait de ses longs bras comme un hibou nocturne, parfois il se mettait à hurler comme un loup, levant le nez au ciel et geignant à fendre l'âme au point que les jeunes, effrayés, se serraient plus près les uns des autres.

Huttunen mimait souvent les fermiers et les fermières du canton, et les spectateurs devinaient immédiatement de qui il était question. Quand le meunier se faisait petit et rond, ce qui exigeait de lui une grande concentration, on savait qu'il interprétait son voisin le plus proche, le gros Vittavaara.

C'étaient des soirs et des nuits d'été étranges, que l'on attendait parfois pendant des semaines, car Gunnar Huttunen sombrait toujours épisodiquement dans la morosité et le silence. Aucun villageois n'osait alors aller au moulin sans y avoir à faire, et les affaires se traitaient en peu de mots, rapidement, car la neurasthénie du meunier faisait fuir les visiteurs.

Au fil du temps, les périodes de dépression de Huttunen se firent plus profondes. Il se comportait alors avec rudesse, aboyait sans raison après les gens, les nerfs tendus. Parfois, il était si accablé et furieux qu'il refusait de donner aux fermiers les bardeaux qu'ils avaient commandés et grognait seulement d'un ton brusque :

« Pas question. Sont pas prêts. »

L'acheteur n'avait plus qu'à repartir bredouille, même si plusieurs stères de bardeaux tout juste débités étaient soigneusement empilés auprès du pont.

17

Mais quand il était joyeux, Huttunen était plus impayable que jamais : il paradait comme au cirque, son esprit était tranchant comme la lame étincelante de la scie à bardeaux ; ses gestes étaient vifs et aisés, ses manières si allègres et imprévisibles qu'il enchantait ceux qui le voyaient. Au plus fort de sa gaieté, toutefois, il arrivait au meunier de se figer net, de laisser échapper de sa gorge un cri strident et de s'élancer en courant le long du canal d'amenée vermoulu, derrière le moulin, loin des yeux des hommes, de l'autre côté de la rivière, dans la forêt. Il se frayait un chemin au hasard, faisant craquer et siffler les branches, et, quand il revenait au moulin au bout d'une heure ou deux, fatigué et essoufflé, les jeunes du village filaient chez eux. Ils annonçaient, effrayés, que les mauvais jours de Nanar étaient revenus.

On commença à penser que Gunnar Huttunen était fou.

Ses voisins racontèrent au village que Nanar avait l'habitude, la nuit, de hurler comme une bête des bois – surtout l'hiver, quand la nuit était claire et le froid glacial. Il pouvait hurler du crépuscule jusqu'au cœur de la nuit et, quand le vent portait, ses gémissements désolés incitaient tous les chiens des hameaux alentour à lui répondre. Ces soirs-là, les villages au bord du grand fleuve restaient éveillés et l'on disait que ce pauvre Nanar était bien fou, à exciter les chiens au milieu de la nuit.

« Quelqu'un devrait aller lui dire de ne pas hurler, un homme de son âge. C'est pas possible, qu'un être humain crie comme le dernier des loups. »

On n'osa cependant pas aborder la question avec

Huttunen. Les voisins craignaient qu'il ne le prenne mal et ne veuille en finir avec lui-même.

« On finit par s'habituer à ses hurlements, à la longue, disaient les propriétaires qui avaient besoin de bardeaux.

– Il est fou, mais il scie de bonnes tuiles de bois pour pas cher.

– Il a promis de remettre le moulin en état, mieux vaut ne pas le fâcher, il pourrait repartir vers le sud », disaient les fermiers qui avaient le projet de semer du blé sur les rives du Kemijoki.

2

Un printemps, à la fonte des glaces, il y eut une telle crue de la rivière que Gunnar Huttunen faillit bien perdre son moulin. Sous le poids des hautes eaux, le barrage à l'entrée du canal d'amenée se rompit sur une largeur de deux mètres. Les épais blocs de glace réussirent à s'engouffrer dans la brèche. Ils brisèrent le conduit vermoulu sur quinze mètres, cassèrent au passage la roue à eau de la scie à bardeaux et auraient renversé tout le moulin si Huttunen n'était pas arrivé à son secours : il courut à la vanne de la scie, l'ouvrit d'un geste, et la plus grande partie des eaux en crue se précipita par l'abée de la roue brisée vers le cours inférieur de la rivière. Pendant ce temps, l'eau continuait d'entrer à flots par le barrage brisé, charriant de gros morceaux de glace. Ils s'accumulaient contre le mur du moulin et le vieux bâtiment de bois tremblait sous leur poids. Huttunen craignait que les lourdes meules ne tombent à travers le plancher sur la turbine, la brisant elle aussi.

La seule solution qui restait au meunier était de sauter sur sa bicyclette et de pédaler jusqu'au magasin, à deux kilomètres de là.

Hors d'haleine et trempé de sueur, Huttunen cria au marchand, Tervola, qui mesurait du grain :

« Vends-moi tout de suite un paquet d'explosifs ! »

Quelques commères faisaient leurs achats dans la boutique et elles s'effrayèrent fort du meunier en nage venu acheter des bombes. Tervola, derrière sa balance, commença par demander à Huttunen son permis pour l'achat et la détention d'explosifs, mais quand le meunier beugla que les glaces allaient démolir le moulin de la Bouche si on ne les faisait pas sauter, le marchand affolé lui vendit un paquet de charges, un rouleau de cordeau Bickford et une poignée d'amorces. On emballa le matériel explosif dans un carton que Huttunen attacha sur le porte-bagages de sa bicyclette, qu'il enfourcha aussitôt pour filer à toute allure vers les rapides de la Bouche, où l'eau continuait de monter et où les glaces cognaient contre les rondins branlants du vieux moulin.

Le marchand ferma aussitôt boutique et, suivi des bonnes femmes, partit en hâte voir comment Huttunen s'en tirait. Avant de filer, Tervola prit quand même le temps de téléphoner au reste du village. Il lança dans le combiné que c'était le moment d'aller aux rapides de la Bouche voir le moulin de Huttunen tomber à l'eau.

On entendit bientôt une première explosion du côté des rapides. Comme les gens accouraient du magasin et d'ailleurs pour s'installer sur la berge et assister à la débâcle, il y eut une deuxième explosion. Des débris de glace et des morceaux de bois volèrent. On interdit aux enfants de s'approcher. Quelques fermiers arrivés sur place hélèrent Huttunen pour lui demander que faire. Ils voulaient aider.

Mais Huttunen était si pressé et débordé qu'il n'avait pas le temps de donner des directives à l'assistance. Il saisit une scie et une hache, courut sur la bordure du canal d'amenée jusqu'à la brèche, sauta pardessus les rondins du barrage et les blocs de glace, enfonçant dans l'eau à mi-cuisses, atteignit la terre ferme et commença à mesurer du regard les fiers sapins de la berge comme s'il avait l'intention de se mettre à bûcheronner.

« Le Nanar est si pressé qu'il a plus le temps d'hurler, fit le gros Vittavaara.

— L'a plus le temps de jouer les élans ou les ours, et pourtant y aurait du public », dit quelqu'un, et les gens rirent, mais le gardien de la paix Portimo, un vieil homme tranquille, leur intima de se taire.

« Ricanez pas devant un qui a des ennuis. »

Huttunen choisit un grand sapin qui poussait juste au bord de l'eau. En quelques coups énergiques, il l'entailla au pied, visant droit la rive opposée de la rivière. Il se pencha pour scier l'arbre. Les spectateurs restés sur l'autre berge se demandèrent pourquoi le meunier se mettait soudain à couper du bois; le plus important, en cet instant critique, n'était-il pas de sauver le moulin? Un valet du nom de Launola, venu à la hâte du village, remarqua :

« Il a complètement oublié son moulin et ne pense plus qu'à bûcher! »

Huttunen l'entendit de l'autre rive. Il vira au rouge, derrière son sapin, les veines de ses tempes se gonflèrent, il faillit se redresser et lancer une réplique au valet, mais continua malgré tout à scier frénétiquement.

Le sapin géant commença à vaciller. Huttunen retira la lame de scie de sa fente, puis appuya avec le fer de sa hache sur l'énorme tronc, qui se mit en mouvement. La pesse au feuillage touffu tomba dans le fleuve en crue, écrasant sous elle les glaces accumulées contre le barrage. Un murmure parcourut le groupe de villageois. On comprenait maintenant le but de l'opération : le tronc, sous la pression de l'eau, se plaça doucement le long du barrage, où il s'immobilisa, faisant obstacle aux glaces arrivant de l'amont. Sous le fût, à travers les branches, l'eau se ruait librement dans le canal d'amenée démoli de la scie à bardeaux, mais elle ne charriait plus de glace et le danger se trouvait d'un coup écarté.

Gunnar Huttunen essuya la sueur de son visage, regagna le moulin par le pont, traversa le bâtiment et parut devant l'assistance qui l'attendait. Il grogna à l'adresse du valet Launola :

« Et voilà le bûcheronnage. »

Les spectateurs commencèrent à se tortiller, gênés. Les hommes regrettèrent en chœur de n'avoir pas eu le temps de venir en aide au meunier... On le félicita, quelle idée géniale, Nanar, de faire tomber ce sapin dans la rivière.

Bien que le passionnant spectacle fût terminé, les villageois hésitaient à partir, au contraire, même, il venait encore du centre des habitants plus lents et en dernier la corpulente mère Siponen, qui demanda essoufflée s'il s'était passé beaucoup de choses avant son arrivée.

Huttunen prépara encore une charge d'explosifs et claironna d'une voix forte :

« La distraction a été trop courte ? On va encore vous en offrir, pour qu'une assemblée aussi nombreuse ne se soit pas déplacée pour rien ! »

Le meunier se mit à faire la grue. Il craquetait, debout sur un pied au bord de l'amenée d'eau, glapissait, tendait le cou, faisait mine de chercher des grenouilles dans le canal.

Le public, embarrassé, se prépara à quitter la colline. On essaya de calmer Huttunen, quelqu'un gémit qu'il était bien fou. Avant que la foule ait eu le temps de se disperser, Huttunen alluma la mèche, qui se mit à brûler en sifflant vilainement. Les villageois prirent leurs jambes à leur cou. La ruée fut rapide, mais beaucoup ne purent s'éloigner que de quelques foulées avant que Huttunen jette la charge dans la rivière et qu'elle explose. Dans un bruit sourd, la bombe projeta sur la berge de l'eau et des éclats de glace, trempant la foule. Les gens fuirent en hurlant, ne s'arrêtant que parvenus à la grand-route, d'où ils lancèrent de furieuses invectives.

3

Dès la décrue, Gunnar Huttunen entreprit de réparer les dégâts subis par le moulin. Il commanda à la scierie trois charretées de bois — poutres, madriers, planches. Il acheta au marchand Tervola deux boîtes de clous, l'une de goujons et l'autre de pointes de quatre pouces. Au village, il embaucha trois valets de ferme désœuvrés pour enfoncer des pieux dans le barrage rompu. Quelques jours plus tard, on pouvait à nouveau régler la puissance de la rivière du Moulin grâce à la vanne aménagée dans le barrage reconstruit. Huttunen renvoya les valets dans leurs foyers et s'attaqua à la réparation du canal d'amenée. Il le refit entièrement à neuf entre le barrage et la roue de la scie à bardeaux. Une charrette et demie de planches de cinq pouces y passa.

C'étaient de belles journées d'été. Le vent était doux, le bâtisseur d'excellente humeur. Huttunen était habile de ses mains et aimait ce travail de charpentier. Son chantier l'occupait tellement qu'il prenait à peine le temps de dormir. Il courait au canal d'amenée dès quatre, cinq heures du matin, taillait des planches et des chevrons jusqu'au lever du jour, allait se faire un peu de café dans la salle du moulin et retournait bien vite au travail. Au plus chaud de la journée, il allait s'étendre une heure ou deux dans son logis, s'endormait même souvent, pour se réveiller l'après-midi reposé et plein d'ardeur. Il mangeait et se reprécipitait aussitôt au canal d'amenée. Tard dans la nuit, on entendait encore au moulin de la Bouche résonner la hache et le marteau.

Au village, on murmurait que Nanar était doublement fou : dans sa tête, d'abord, et puis fou de travail en plus.

Dix jours plus tard, le canal d'amenée était prêt, bien étanche. Il conduisait les eaux de la rivière du barrage au point où on en avait besoin pour alimenter en énergie le moulin et la scie à bardeaux. Huttunen passa à la réfection de la roue à eau de la scie. Ses aubes devaient être complètement refaites, mais il fallait dire qu'elles étaient vermoulues. Le moyeu était encore en bon état, constata Huttunen. Il suffisait de changer d'un côté le tourillon et le cerceau, et ce serait parfait.

Le meunier se mit en caleçon et entra dans la rivière pour mettre en place la roue à aubes réparée. C'est à ce moment qu'une charmante visiteuse se présenta sur le chantier du moulin.

Une femme surgit sur le pont, d'une trentaine d'années, le teint rose, bien en chair. Elle portait une robe d'été à fleurs et un foulard clair sur la tête. L'arrivante était belle, robuste, mais elle avait une voix frêle de fillette et Huttunen, dans le grondement des rapides, ne l'entendit pas appeler :

« Monsieur Huttunen! Monsieur Huttunen! »

La femme regardait l'homme à demi nu se démener dans la rivière. Le meunier, mince et musclé, luttait contre l'eau froide, pesant de toutes ses forces sur la roue pour la placer dans son logement : le tourillon refusait obstinément d'entrer dans son palier, la pression du flot était trop forte. D'un dernier effort, l'homme parvint enfin à loger la grande roue à sa place; il la lâcha sur son axe, ses aubes s'emplirent d'eau et elle se mit aussitôt à tourner, d'abord lentement, puis plus vite. Huttunen s'écarta, regarda son œuvre et constata :

« Je t'ai eue, salope. »

L'arrivée d'eau maîtrisée, Huttunen entendit une claire voix de femme le héler :

« Monsieur Huttunen! »

Le meunier se tourna vers la voix. Une jeune femme se tenait sur le pont. Elle avait enlevé son foulard et l'agitait aimablement; ses cheveux étaient blonds, naturellement bouclés. Elle paraissait vraiment jolie dans le soleil et la brise printanière. Huttunen la voyait d'en bas, de la rivière, et il nota qu'elle avait la cuisse ronde et le mollet solide. On voyait même sa culotte, sous sa robe soulevée par le vent, jusqu'à ses bas à couture et ses jarretelles. La femme ne se rendait pas compte qu'elle était si généreusement exposée, ou n'avait pas honte de montrer ses régions cuissières. Huttunen se hissa hors de la rivière, saisit ses vêtements sur le pont et s'habilla rapidement. La femme fit quelques pas en direction du moulin, se retourna et tendit la main au meunier.

« Je suis la conseillère horticole, Sanelma Käyrämö.

– Enchanté, réussit à articuler Huttunen.

– Je suis nouvelle, ici. Je passe dans toutes les
maisons, même celles où il n'y a pas d'enfants. J'ai
déjà visité soixante foyers, mais il me reste encore
beaucoup à faire. »

Conseillère agricole ? Que pouvait bien faire au
moulin la déléguée de l'Association des clubs
ruraux * ?

Sanelma Käyrämö s'expliqua.

« La voisine, chez les Vittavaara, m'a dit que vous
viviez seul et j'ai décidé de passer vous voir. Un célibataire peut très bien cultiver des légumes, lui
aussi. »

La conseillère horticole entreprit avec enthousiasme d'exposer son projet. Elle expliqua que les
cultures maraîchères étaient ce que l'on pouvait
faire de mieux à la campagne : on pouvait en tirer
un excellent complément d'alimentation, des vitamines et des sels minéraux. Un potager d'un demi-
are seulement pouvait donner une récolte suffisante
– si on s'en occupait correctement, bien sûr – pour
qu'une petite famille se procure pour l'hiver des
herbes et des légumes sains et rafraîchissants. Il suffisait de retrousser ses manches et de se mettre au
travail. Ça en valait la peine !

« Alors, monsieur Huttunen, nous allons vous préparer un très joli potager, n'est-ce pas ? Les verdures

---

* Mouvement né aux États-Unis dans le but d'inciter les enfants
de paysans à pratiquer pendant leurs loisirs des activités ayant un
rapport avec l'agriculture ou l'économie domestique (N.d.T.).

28

sont aujourd'hui tellement à la mode qu'il n'y a pas de honte, même pour un homme, à en cultiver et à en manger. »

Huttunen tenta de protester. Il expliqua qu'il vivait seul, qu'il lui suffisait bien d'aller de temps en temps acheter un sac de navets ou de rutabagas aux voisins, si le besoin s'en faisait sentir.

« Pas question! Nous allons tout de suite mettre les choses en route. Je vais vous donner quelques graines, pour commencer. Allons voir si nous pouvons trouver un endroit adéquat pour votre potager. Je ne connais personne qui ait jamais regretté de s'être lancé dans la culture des légumes. »

Huttunen essaya encore de la dissuader.

« Mais c'est que je suis... un peu fou. On ne vous l'a pas dit au village, mademoiselle ? »

La conseillère horticole balaya la folie de Huttunen d'un mouvement de foulard négligent, comme si elle avait eu affaire toute sa vie à des déséquilibrés mentaux. Elle prit résolument le meunier par la main et l'entraîna vers la colline du moulin. Là, elle dessina dans les airs les futures limites des cultures. L'homme suivait ses gestes de la tête; le potager avait l'air trop grand. Il fit la moue. La déléguée du club rétrécit un peu le terrain, et l'affaire parut irrévocable. La femme coupa quatre branches de bouleau qu'elle planta aux coins du lopin.

« Pour un homme aussi grand, il faut bien un potager de cette taille », dit-elle avant d'aller chercher sa sacoche sur le porte-bagages de sa bicyclette. Elle s'assit dans l'herbe, ouvrit la sacoche et sortit une liasse de papiers qu'elle commença à étaler. Le vent, s'emparant des feuilles, les dispersa sur la colline. Huttunen les ramassa. Tout cela lui paraissait extraordinaire, merveilleux : quand il tendit les papiers à la conseillère, elle rit aimablement et le remercia. Le meunier en fut si heureux qu'il eut envie de hurler un petit coup, par pur bonheur, et il s'en fallut de peu, mais il se maîtrisa. Il valait mieux se conduire normalement devant une telle femme, du moins au début.

La consultante inscrivit le meunier Gunnar Huttunen sur les listes du club rural. Elle fit le plan du potager, y écrivit les noms des plantes à cultiver — betterave, carotte, navet, pois, oignons et fines herbes. Elle voulut aussi proposer du chou hâtif au meunier, mais dut y renoncer parce qu'on ne trouvait pas de plants au village.

« Il vaudrait peut-être mieux, pour la première saison, nous en tenir à des variétés plus communes. Avec l'expérience, nous pourrons ensuite élargir le choix », décida la conseillère horticole. Elle donna à Huttunen quelques sachets de graines, dont elle déclara qu'elle encaisserait le prix à sa prochaine visite.

« Il faut bien que nous voyions d'abord si elles germent... mais je suis sûre, monsieur Huttunen, que vous assisterez bientôt au miracle de la vie et de la croissance. »

Huttunen émit des doutes quant à sa capacité à soigner un jardin. Il fit valoir qu'il n'avait jamais rien fait de semblable.

La conseillère horticole jugea que le problème ne valait pas la peine d'être mentionné : elle se lança dans un discours sur la bonne manière de cultiver les plantes, donna des instructions précises sur la façon de travailler et de fumer la terre, et expliqua comment répartir les graines, quelle distance laisser entre les rangs de chaque espèce et à quelle profondeur enterrer les semences pour que tout réussisse. Huttunen eut bientôt l'impression qu'entretenir un potager était une activité des plus passionnantes, particulièrement faite pour lui puisqu'il n'y avait pas au moulin assez de travail pour l'occuper tout l'été. Il promit de se mettre immédiatement à l'ouvrage et alla aussitôt chercher dans la remise une pelle et une pioche.

La conseillère horticole regarda le grand homme planter sa pioche dans la terre. Le fer arracha du sol une grosse motte d'humus, que le meunier retourna d'un coup. La consultante se pencha pour prendre un peu de terre. Elle la frotta entre ses doigts, renifla et assura qu'on ne trouverait nulle part ailleurs de meilleur fond pour un potager. Voyant la main de la femme salie par la terre, Huttunen se précipita au moulin, y prit un seau en zinc, pataugea dans la rivière pour le remplir et le lui apporta pour qu'elle puisse se rincer les doigts.

« Oh! vous n'auriez pas dû », rougit la conseillère horticole en agitant la main dans le seau. « Votre pantalon est mouillé jusqu'aux genoux, comment pourrai-je... »

Peu importe le pantalon, pensa Huttunen tout à son bonheur. Le principal était que la conseillère fût contente. Il se remit à piocher avec tant d'enthousiasme qu'une charrue et des bœufs n'auraient pas fait mieux.

La conseillère horticole rangea ses papiers dans sa sacoche, prit sa bicyclette, tendit la main pour prendre congé.

« Si quelque chose de problématique se présente, contactez-moi, je loge chez les Siponen, à l'étage. Ne soyez pas timide, il se peut qu'au début, comme ça, j'aie oublié quelque chose dans mes explications. »

Puis la conseillère horticole noua son foulard aux couleurs vives sur ses boucles blondes, accrocha sa sacoche au guidon et monta sur sa bicyclette, dont la selle disparut entièrement sous son large derrière. Sa robe légère flottant au vent, elle s'éloigna en pédalant vers le bas de la colline.

Dans la forêt, la consultante se retourna vers le moulin et soupira pour elle-même :

« Oh ! mon Dieu... »

Huttunen, tout excité, ne sut plus que faire quand la conseillère fut partie. Sarcler le potager ne semblait plus aussi urgent. Tourmenté, le meunier rentra dans son moulin, s'adossa aux meules, se frotta les mains, ferma les yeux, se remémorant la silhouette de la femme. Puis il se raidit soudain et se rua dehors, courut dans les remous au sortir de la roue, se plongea jusqu'au cou dans l'eau fraîche. Quand il remonta sur la berge, il tremblait un peu mais avait retrouvé son calme. Il regagna le moulin, regarda la route par la petite fenêtre et geignit à voix basse, mais ne hurla pas comme il le faisait l'hiver.

Huttunen acheva le soir même de retourner le potager et y déversa dans la nuit un chargement de fumier. Il ratissa l'engrais pour le faire entrer dans

la terre et planta les graines données par la conseillère horticole. Au petit matin, il arrosa sa parcelle
associative avant d'aller enfin se coucher.

Heureux, Huttunen se mit au lit. Il avait maintenant son potager bien à lui. Cela voulait dire que la
charmante conseillère du club rural reviendrait bientôt le voir sur sa bicyclette.

4

Les jours suivants, Huttunen continua de réparer les dégâts causés par la crue. Il fit disparaître la trace des chocs subis par le coursier entre le moulin et la scie à bardeaux. Par endroits, il suffisait de remplacer une planche ou deux. Le meunier ajouta des poutres sous le canal d'amenée d'eau, car beaucoup des anciens bois étaient vermoulus – si on montait sur le bord du coursier et qu'on le secouait un peu, il branlait et fuyait aussitôt, ce qui diminuait le débit de l'eau et donc la puissance de la roue.

Au bout de cinq journées de travail, Huttunen fut prêt à essayer le moulin. Il ferma la vanne de la roue hydraulique de la scie, de manière à diriger toute l'eau vers la turbine du moulin. Cette dernière se mit à tourner, d'abord paresseusement, puis de plus en plus vite. Ayant constaté que la rotation était régulière et l'arrivée d'eau suffisante, Huttunen abandonna le logement de la turbine pour l'intérieur du moulin. Là, il enduisit de vaseline les axes principaux et les roulements. Avec une burette à long bec, il injecta de l'huile de machine dans tous les recoins. Après avoir graissé les parties mobiles, il prit une spatule en bois de tremble et enduisit de résine la poulie motrice de l'axe de la turbine. Le produit s'étalait bien si l'on appuyait fortement l'outil contre le tambour en rotation. Le meunier résina de même les jantes des poulies de commande des arbres des meules courantes. Puis il passa la courroie de transmission autour des tambours et la mit en place, lui donnant un tour pour qu'elle ne puisse pas sauter. La large courroie, se balançant au rythme de la rotation de l'axe de la turbine, mit en branle la lourde meule courante qui commença à tourner contre la meule gisante immobile sous elle. Si l'on avait versé quelques poignées de grain dans l'œillard, on aurait bientôt pu sentir l'odeur de la farine.

Le moulin fonctionnait. Les meules grondaient sourdement, la courroie de transmission chuintait, les axes cliquetaient librement dans leurs paliers, le bâtiment tout entier vibrait et en bas, dans le logement de la turbine, l'eau de la rivière du Moulin bouillonnait.

Huttunen prit encore la peine de faire passer la courroie des meules à farine aux meules à gruau et constata qu'elles aussi moulaient parfaitement.

Le meunier s'adossa contre la trémie à grain vide, ferma les yeux et écouta les bruits familiers du moulin. Ses traits étaient calmes, on n'y voyait ni son excitation ni son abattement habituels. Il laissa le moulin fonctionner longtemps à vide avant de détourner l'eau du canal d'amenée de la turbine; la roue cessa peu à peu de tourner, jusqu'à s'immobiliser complètement. Le moulin était à nouveau silencieux, on n'entendait plus que le clapotis étouffé de l'eau dans la rivière, sous le bâtiment.

Le lendemain, Huttunen alla au magasin annoncer qu'il était prêt à moudre du grain, s'il restait à quelqu'un du fourrage de l'année passée.

Tervola, le marchand, jeta un coup d'œil oblique au meunier.

« J'ai dû mettre les explosifs à mon nom quand la police est venue demander si tu avais une autorisation. Je ne te vendrai pas deux fois des bombes sans permis, tu es brop bizarre. »

Huttunen arpentait le magasin comme s'il n'avait pas entendu les reproches du marchand. Il prit dans une caisse une bouteille de petite bière et alluma une cigarette. Le paquet se trouva vide, fort à propos. Huttunen écrivit au dos une annonce, disant que le moulin de la Bouche avait été remis en état et que l'on pouvait y apporter son grain à moudre. Il détacha de la porte du magasin une vieille punaise avec laquelle il fixa son carton sur le battant.

« Pourquoi as-tu été, malheureux, faire exploser cette dernière charge dans la rivière, en plein sous le nez des gens ? »

Le marchand pesait un mélange de fruits secs pour la femme de l'instituteur. Huttunen remit la bouteille de bière vide dans la caisse et jeta quelques pièces sur le comptoir. Le marchand se pencha sur la balance et continua à maugréer.

« Ils ont dit, au conseil, qu'il faudrait en réalité t'enfermer et te faire soigner. »

Huttunen se tourna brusquement vers l'épicier, le regarda droit dans les yeux et demanda :

« Dis-moi, Tervola, comment se fait-il que mes carottes n'aient pas encore levé ? J'ai arrosé tous les jours jusqu'à noircir la terre, mais rien ne vient. »

Le marchand marmonna que ce n'était pas le moment de parler de carottes.

« Ça fait déjà le deuxième été que ma fille traîne dans ton moulin. C'est pas bien raisonnable que les enfants courent toute la nuit, et à écouter un fou, encore. »

Huttunen posa son poing sur la balance, appuya à fond, dit :

« Dix kilos juste. Remets des poids. »

Huttunen ajouta lui-même quelques poids sur le plateau et fit à nouveau basculer l'aiguille à fond.

« Voilà que ma main pèse quinze kilos. »

Le marchand essaya d'ôter le poing de Huttunen de la balance. Le sac de fruits secs se renversa et des tranches de pommes séchées tombèrent sur le sol. La femme de l'instituteur s'écarta du comptoir. Huttunen saisit brusquement la balance dans ses bras et sortit. Au passage, il arracha avec les dents son annonce de meunerie. Dans la cour, il posa l'engin dans le seau du puits à balancier, qu'il fit doucement descendre. Tervola surgit de son magasin, criant du haut des marches que Huttunen avait joué là son dernier tour.

« C'est à l'asile qu'il faut mettre un type comme ça, et tout de suite ! Cette boutique t'est dorénavant interdite, Huttunen ! »

Le meunier se dirigea vers l'église. En chemin, il se demanda comment tout cela avait pu arriver. Il se sentait abattu, mais retrouva sa bonne humeur en pensant à la balance au fond du puits. Un puits à balancier était d'ailleurs une sorte de balance. Avec l'eau comme poids.

Parvenu au cimetière, Huttunen s'arrêta et fixa le

papier qu'il avait promené entre ses dents au montant du portail, où il y avait quelques vieux clous d'annonces précédentes. Sur le papier, on pouvait lire :

Le moulin des rapides de la Bouche
tourne de nouveau
Huttunen

Du cimetière, Huttunen alla au café de l'église. Il but une bouteille de petite bière et, comme il y avait là beaucoup d'oisifs de tous les coins du canton, le meunier annonça :

« Faites passer le mot que qui a encore du grain peut le porter au moulin de la Bouche. »

Huttunen termina sa bière et partit. À la porte, il lança encore :

« Mais pas de grains formolés. Je n'en mouds pas, même pour le bétail. Ça empoisonne le moulin. »

À la hauteur de la maison des Siponen, le meunier ralentit le pas, scruta les fenêtres du premier pour voir si la conseillère horticole était chez elle. Puis il chercha du regard la bicyclette bleue de la consultante. Il ne la vit pas. La demoiselle faisait donc la tournée des villages... conseillant les enfants sur la façon de soigner les potagers, distribuant aux fermières des recettes pour accommoder les verdures. Huttunen éprouva de la jalousie en l'imaginant, au moment même, en train d'initier des morveux réticents à l'éclaircissage des carottes ou d'enseigner à de grosses fermières l'art de couper les salades.

Huttunen pensa à sa propre terre noire. La conseillère n'avait donc pas le temps de venir chez lui. Si elle était au moins passée voir avec quel zèle il avait biné, fumé et ensemencé son potager! Exactement selon ses instructions.

La conseillère horticole s'était-elle moquée de lui, faisant faire un travail d'enfant à un homme adulte? On riait bien assez de lui, l'escogriffe fou, dans le canton... Fallait-il que la conseillère horticole se joigne au concert... L'idée était intolérablement triste et chagrine. Gunnar Huttunen tourna le dos à la maison des Siponen. Furieux, il partit en courant vers les rapides de la Bouche.

Il croisa la femme de l'instituteur, qui revenait du magasin. Quand la dame vit Huttunen arriver sur elle au pas de course, elle stoppa sa bicyclette et céda le passage du côté de la forêt.

Sur la butte du moulin, Huttunen s'arrêta pour inspecter sa parcelle associative. Elle gisait, noire et sans vie. Le meunier regarda la terre qui lui semblait si abandonnée. Il se sentait aussi délaissé qu'elle par la conseillère horticole. Tristement, l'homme monta dans sa petite chambre à l'étage du moulin, se débarrassa d'un coup de pied de ses bottes à tige de caoutchouc et se jeta sans manger sur son lit. Il soupira lourdement pendant deux heures avant de trouver le sommeil. Il dormit mal, hanté de rêves confus et graves.

5

Quand le meunier se réveilla au petit matin et regarda sa montre de gousset à boîtier d'acier, elle marquait quatre heures.

C'était une excellente montre. Huttunen l'avait achetée pendant la trêve, à Riihimäki, à un adjudant allemand de passage tombé dans la dèche, qui avait juré qu'elle tenait aussi bien l'eau que l'heure. Au fil des ans, ses dires s'étaient confirmés. Une fois, Huttunen avait parié avec une bande d'ouvriers forestiers que la tocante était vraiment étanche. Il l'avait mise dans sa bouche et elle ne s'était pas arrêtée, même quand il était allé au sauna où il était resté plus d'une heure, la montre toujours dans la bouche, plongeant même à deux reprises dans le lac. Dans l'eau, Huttunen était descendu au fond et y était resté étendu, immobile, écoutant le tic-tac qui s'entendait parfaitement, résonnant jusque dans son crâne, car il y avait plus de pression que dans le sauna. Quand il avait recraché la montre après l'expérience et qu'on l'avait essuyée, on avait pu constater qu'elle marchait aussi bien que si elle était restée tout ce temps au sec dans une poche. Le mécanisme n'avait absolument pas souffert. Il était donc quatre heures.

Après avoir remonté sa montre, Huttunen pensa à la conseillère horticole. Il se rappela qu'elle lui avait dit que s'il avait le moindre problème avec son potager, il devait sans hésiter venir lui en parler.

Et s'il allait effectivement chez la conseillère horticole discuter jardinage ? Huttunen se dit qu'il avait un bon motif de visite, puisqu'il avait semé ses graines depuis déjà six jours et qu'elles n'avaient donné aucun signe de vie. Il pourrait s'inquiéter de savoir si les sachets n'étaient pas de l'année précédente. Au besoin, il pourrait demander de meilleures semences. Huttunen arriva à la conclusion qu'il avait suffisamment de choses importantes, officielles, presque, à raconter à la conseillère. Personne ne pourrait trouver à redire s'il lui rendait maintenant visite.

Il but une demi-louchée d'eau froide et partit à bicyclette vers la maison des Siponen.

Le village était étrangement désert : pas de bétail dans les pâtures, personne au travail dans les champs. Seuls les oiseaux chantaient, réveillés par l'aube de ce matin d'été, et des chiens assoupis aboyaient paresseusement au passage du meunier. Pas une fumée ne s'élevait des cheminées, les gens dormaient encore.

Le chien des Siponen se mit à japper férocement quand Huttunen arriva sur sa bicyclette dans la cour de la maison. Le crochet de la porte d'entrée n'était pas mis, le meunier entra dans la salle, où les rideaux étaient fermés et où du monde dormait.

« Bonjour. »

Le valet de la maison, Launola, s'éveilla le premier

et répondit au salut, étonné et ensommeillé, de son banc derrière le poêle. Le maître de maison, un vieil homme myope, petit, aux allures d'éléphant, sortit de sa chambre. Il marcha jusqu'à Huttunen, leva les yeux, reconnut l'arrivant, le pria de s'asseoir. La femme de Siponen se traînait derrière lui, courtaude et terriblement grosse, si grosse que ses mollets ne pouvaient entrer dans des bottes en caoutchouc. Ses bottines d'étable devaient toujours être fendues d'un coup de couteau jusqu'à mi-hauteur. La maîtresse de maison souhaita le bonjour, regarda la pendule, demanda ensuite au meunier :

« Que s'est-il donc encore passé au moulin pour que le Nanar se promène comme ça la nuit ? »

Huttunen s'assit à la table de la salle, alluma une cigarette, en offrit à Siponen qui enfilait un pantalon.

« Ma foi, rien. Merci de vous inquiéter. J'avais pensé passer, ça faisait longtemps que je n'étais pas venu. »

Le fermier était assis en face de Huttunen, son fume-cigarette à la main, grillant son tabac. Il regarda le meunier dans les yeux, de près, ne dit rien. Launola sortit faire un tour derrière le coin de la maison puis revint et, comme on ne lui adressait pas la parole, regagna sa couche, tourna le dos et se mit bientôt à ronfler.

« La consultante est-elle là ? demanda enfin Huttunen.

– Je suppose qu'elle dort au grenier », dit le fermier. Il fit un geste en direction de l'escalier.

Huttunen éteignit sa cigarette et monta à l'étage. Le fermier et la fermière se regardèrent, restèrent interdits dans la salle. Dans l'escalier, on entendit le pas lourd du meunier, puis un choc sourd quand il se cogna la tête au plafond, en haut des marches. On perçut bientôt à l'étage un frappement et une voix de femme, puis la porte se referma. La mère Siponen s'enfourna dans l'escalier pour écouter ce qui se disait en haut, mais n'entendit rien. Son mari lui souffla à l'oreille :

« Monte plus haut, tu entendras mieux, mais ne fais pas grincer les marches, allez vas-y, vas-y maintenant et raconte-moi. Fais pas grincer! Crénom! C'est pas croyable d'avoir une bonne femme tellement grosse qu'elle fait trembler toute la maison sous elle. »

La conseillère horticole stupéfaite et sommeillante accueillit Huttunen en chemise de nuit. Le meunier se tenait voûté dans la petite chambre mansardée, la casquette dans une main et l'autre tendue à la femme pour la saluer.

« Bonjour, mademoiselle la conseillère... pardon de venir vous voir à une heure pareille, mais j'ai pensé que je vous trouverais plus sûrement chez vous. J'ai appris que vous parcouriez le canton du matin au soir pour donner vos conseils.

— Évidemment je suis chez moi à cette heure. Quelle heure est-il, d'ailleurs, pas même cinq heures.

— J'espère que je ne vous ai pas réveillée, s'inquiéta Huttunen.

— Ça ne fait rien... Je vous en prie, Huttunen, asseyez-vous, ne restez pas debout, plié comme ça. Cette chambre est si basse de plafond. Les chambres plus hautes et plus grandes sont chères.

— Mais c'est une jolie chambre... moi, je n'ai même pas de rideaux, au moulin. Je veux dire qu'il n'y a pas de rideaux dans la chambre... dans le moulin même, on n'en a pas besoin. »

Huttunen s'assit sur un petit tabouret près du poêle. Il faillit allumer une cigarette mais y renonça. Cela ne semblait pas très correct dans une chambre de femme comme celle-ci. La conseillère s'assit sur le bord du lit, écarta de son front ses boucles emmêlées pendant la nuit ; elle était charmante, avec ses traces de sommeil. Son abondante poitrine se soulevait fortement sous sa chemise de nuit, on voyait dans son décolleté le sillon de ses seins. Huttunen avait du mal à en détacher son regard.

« J'ai attendu tous les jours que vous veniez au moulin. Moi qui ai tout de suite fait le potager, comme nous avions dit. Vous auriez pu venir voir. »

Sanelma Käyrämö rit nerveusement.

« J'avais l'intention de passer la semaine prochaine.

– Le temps m'a paru si long. Et puis les graines n'ont pas levé. »

La conseillère dit rapidement qu'elles ne pouvaient pas avoir germé puisqu'on ne les avait plantées que depuis quelques jours. Il ne fallait pas être trop impatient. M. Huttunen pouvait retourner au moulin en toute tranquillité, les tubercules pousseraient en leur temps.

« Faut-il que j'y aille tout de suite », demanda piteusement Huttunen. Il n'avait envie d'aller nulle part.

« Je viendrai voir cette parcelle dès le début de la semaine, promit la conseillère horticole. C'est une heure inhabituelle pour une visite, je suis locataire, ici. Mme Siponen est très stricte, bien qu'elle soit obèse. »

Huttunen essaya encore de retarder son départ.

« Et si je restais encore une demi-heure, par exemple ?

– Essayez de comprendre, monsieur Huttunen.

– Je suis seulement passé parce que vous m'aviez dit, mademoiselle, que je pouvais venir s'il y avait le moindre problème. »

La conseillère horticole était embarrassée. Elle aurait volontiers laissé le meunier, ce bel homme étrange, rester assis là près du poêle, mais ce n'était pas possible. Bizarre qu'elle n'ait pas peur de cet homme curieux, que beaucoup tenaient pour mentalement dérangé, songea Sanelma Käyrämö. Mais il fallait trouver moyen de le faire partir, la visite ne pouvait se prolonger. Que penserait-on en bas s'il restait plus longtemps.

« Voyons-nous pendant mes heures de travail... au magasin ou au café, en passant, ou dans les bois, quelque part... mais pas ici à cette heure-ci.

– Je suppose qu'il faut que j'y aille. »

Huttunen soupira lourdement, mit sa casquette et serra la main de la conseillère. Sanelma Käyrämö était sûre que le pauvre homme était amoureux d'elle, pour avoir l'air si malheureux au moment de partir.

« Au revoir, Huttunen. Nous nous verrons certainement bientôt dans des circonstances plus favorables. »

Le chagrin de Huttunen fondit un peu. Il prit d'une main ferme la poignée de la porte, s'inclina poliment. Puis il poussa résolument le battant.

La porte heurta quelque chose de mou et de lourd. On entendit dans l'escalier un hurlement terrible et un chambardement massif. La mère Siponen s'était hissée jusqu'au premier pour écouter la conversation de la conseillère horticole et du meunier et, quand ce dernier avait ouvert la porte, le vantail l'avait frappée de plein fouet derrière l'oreille, l'envoyant valser dans l'escalier abrupt. Heureusement, la fermière était ronde comme un tonneau – elle roula mollement sur les marches jusqu'au sol de l'entrée, où le fermier la reçut. Du sang coulait de son oreille et elle hurlait à en faire trembler les vitres de la véranda.

Le valet, Launola, accourut de la salle. Huttunen descendit l'escalier, suivi par la conseillère horticole. La fermière gémissait sur le plancher. Siponen jeta un regard féroce au meunier et gronda :

« C'est un monde de venir au milieu de la nuit chez des honnêtes gens et de tuer la patronne!

— Elle n'est pas encore morte, portons-la dans son lit », fit le valet.

On traîna la fermière dans la chambre du fond et on la hissa sur son lit. Cela fait, Huttunen quitta la maison. Il sauta sur sa bicyclette et s'éloigna à grands coups de pédales. Le fermier le suivit sur le porche, d'où il cria :

« Si ma bonne femme est paralysée, Nanar, tu paieras la pension! Je te traînerai en justice s'il le faut! »

Le chien des Siponen aboya là-dessus jusqu'au matin.

6

Toute la semaine, Huttunen contempla sa parcelle associative sans trop oser se montrer au village. Et soudain, sa triste solitude prit fin. La conseillère horticole pédala joyeusement jusqu'au moulin, salua amicalement le meunier et se mit aussitôt à parler potager. Les pousses de salade étaient déjà visibles. Les carottes lèveraient bientôt, affirma la consultante. Elle fit payer à Huttunen le prix des graines qu'elle lui avait laissées la fois précédente et lui donna des instructions pour éclaircir les plants et ameublir la terre.

« Tout est dans la minutie », insista-t-elle.

Heureux, Huttunen fit du café et sortit des biscuits.

Quand les questions relatives aux cultures potagères furent réglées, Sanelma Käyrämö aborda la visite que le meunier lui avait rendue.

« C'est de cette histoire de l'autre nuit que j'étais venue parler, en fait.

– Je ne retournerai pas chez vous », promit Huttunen, honteux.

La conseillère horticole fit remarquer que la première fois avait déjà été de trop. Elle raconta que la femme de Siponen était toujours couchée et refusait de se lever, même pour s'occuper des vaches. Siponen avait appelé le médecin du service communal de santé pour examiner sa femme.

« Le Dr Ervinen l'a auscultée et retournée dans tous les sens, ou plutôt il a dû se faire aider pour la retourner, grosse comme elle est. Il a ordonné de lui laver l'oreille et y a mis un pansement, il doit y avoir quelque chose qui ne va pas, parce que c'est juste à cet endroit que la poignée a porté. Le docteur lui a crié dans l'oreille et a dit que l'audition était intacte, mais la bonne femme joue les sourdes. Ervinen lui a braqué une lampe de poche très puissante sur l'œil, de tout près, et il a tout d'un coup hurlé dans son oreille malade. Il a dit que le cristallin de la fermière avait bougé et qu'elle entendait donc encore. Mais le fermier ne l'a pas cru. Puis nous avons tous braillé dans l'oreille de la mère Siponen en la regardant droit dans les yeux, mais elle est restée impassible. Siponen a dit que ça allait coûter cher à Nanar, que sa femme ait perdu l'ouïe. »

Huttunen regarda la conseillère d'un air suppliant — il espérait que les mauvaises nouvelles s'arrêteraient là. Mais la consultante poursuivit.

« Le Dr Ervinen est d'avis que la fermière devrait se lever et se mettre au travail. Mais elle a prétendu qu'elle ne pouvait plus bouger un seul membre et elle est restée couchée. Elle a décidé qu'elle était paralysée et qu'elle ne pourrait plus jamais quitter son lit. Elle est formelle, et Ervinen n'a rien à dire. En partant, il a juste décrété qu'en ce qui le concernait, elle pouvait rester couchée jusqu'au Jugement dernier. Siponen a menacé de faire venir un meilleur médecin, qui certifiera que sa femme est invalide. Il a juré que Nanar serait bien obligé de payer. »

Les choses en étaient donc là, songea tristement Huttunen. Toute la région savait que la mère Siponen était la plus grosse et la plus paresseuse du canton. Elle avait maintenant une bonne raison de rester vautrée. Launola, le valet faux jeton de la maison, jurerait évidemment tout ce que son maître et sa maîtresse voudraient.

La conseillère horticole expliqua qu'elle avait voulu mettre le meunier au courant parce qu'elle le savait innocent, et aussi parce qu'elle l'aimait bien. Elle proposa que Huttunen et elle se tutoient.

« Mais disons-nous tu seulement en tête à tête, quand personne ne peut nous entendre », dit la conseillère.

Le meunier en fut éperdument heureux et, à partir de ce moment, la consultante l'appela Gunnar.

Ils reprirent du café. La conseillère aborda ensuite un autre sujet, encore plus délicat.

« Gunnar... est-ce que je peux te poser une question très personnelle ? C'est une affaire pénible dont on parle beaucoup au village.

— Demande-moi ce que tu veux, je ne me fâcherai pas. »

La conseillère horticole ne savait par où commencer.

Elle but une gorgée de café, émietta un biscuit dans sa tasse, regarda dehors par la fenêtre du moulin, faillit même se remettre à parler du potager, mais décida finalement d'aller droit au but.

« Ils disent communément, au village, que tu n'es pas très normal... »

Huttunen acquiesça, embarrassé.

« Je sais bien... Ils me traitent de fou.

– Oui... hier j'ai été prendre le café chez la femme de l'instituteur et on y a dit que tu étais mentalement dérangé... Il paraît que tu peux être dangereux et Dieu sait quoi d'autre. La femme de l'instituteur a raconté qu'au magasin tu avais tout d'un coup traîné la balance dehors et que tu l'avais descendue dans le puits. Ça ne peut pas être vrai, les gens ne font pas des choses comme ça. »

Huttunen dut reconnaître qu'il avait bien mis la balance de Tervola dans le puits.

« On peut la sortir, il n'y a qu'à remonter le seau.

– On parle aussi de bombes, et puis de hurlements... est-ce que c'est vrai que tu hurles, l'hiver ? »

Huttunen avait honte. Il dut bien avouer qu'il hurlait.

« Il m'est arrivé de geindre un peu, mais pas méchamment.

– Il paraît aussi que tu imites différents animaux... et que tu te moques des villageois, de Siponen et de Vittavaara et de l'instituteur et du marchand... C'est vrai aussi ? »

Huttunen expliqua qu'il éprouvait seulement le besoin, parfois, de faire quelque chose de spécial.

« Comme un choc dans la tête. Mais je ne suis pas vraiment dangereux. »

La conseillère horticole resta longtemps silencieuse. Triste et émue, elle regardait le meunier assis en face d'elle avec son café.

« Si seulement je pouvais t'aider », dit-elle enfin en prenant la main de Huttunen dans la sienne. « Je trouve ça affreux, que quelqu'un hurle tout seul. »

Le meunier toussota et rougit. La conseillère remercia pour le café et se prépara à partir. Huttunen s'inquiéta.

« Ne pars pas encore, tu n'es pas bien, ici ?

– Si les gens apprenaient que je m'attarde ici, je perdrais mon emploi. Je dois vraiment y aller.

– Si j'arrête de hurler, est-ce que tu reviendras ? » demanda Huttunen, qui se mit à expliquer précipitamment que si Sanelma n'osait pas venir le voir au moulin, pourquoi ne se rencontreraient-ils pas ailleurs, dans la forêt, par exemple ? Il promit de chercher un endroit où ils pourraient se voir de temps en temps en toute tranquillité.

La conseillère horticole hésita.

« Il faut que ce soit un endroit sûr, et pas trop loin pour que je ne me perde pas. Je ne peux venir ici que deux fois par mois, comme pour les autres membres du club. Si je passe plus souvent, ça fera immédiatement jaser. L'Association des clubs ruraux pourrait perdre patience. »

Huttunen serra la conseillère dans ses bras. La femme ne protesta pas. Le meunier lui murmura à l'oreille qu'il n'était pas si fou qu'on ne puisse s'entendre avec lui. Puis il trouva un lieu de rencontre adéquat : la route de l'église enjambait un petit ruisseau que Sanelma devrait suivre pendant un kilomètre, sur la rive nord de l'eau. À cet endroit, le ruisseau faisait un brusque coude et se séparait en deux bras autour d'un épais bosquet d'aulnes. Huttunen expliqua que personne n'allait jamais dans l'île aux Aulnes. Le lieu était calme et beau, et suffisamment près.

« Je vais abattre quelques troncs en travers du ruisseau pour que tu puisses y arriver sans bottes de caoutchouc. »

La conseillère horticole promit de venir dans l'île le dimanche suivant, à condition que Huttunen ne s'attirât plus d'ennuis.

Huttunen promit docilement de bien se tenir.

« Je resterai tranquillement ici, au moulin, et je ne hurlerai pas, si fort que j'en aie envie. »

La conseillère horticole exhorta Huttunen à arroser chaque soir sa parcelle associative, avec cet été si sec et ensoleillé. Puis elle partit. Resté seul, radieux, Huttunen regarda les murs en bois gris de son moulin et se dit que les bâtiments avaient besoin d'une couche de peinture. Il décida de peindre le moulin en rouge.

7

Huttunen installa devant le moulin une marmite de cent litres dans laquelle il fit bouillir de la terre rouge, remuant le mélange et entretenant un feu régulier. Il était content, plein d'énergie et d'espoir – le surlendemain on serait dimanche et il verrait la conseillère horticole dans l'île aux Aulnes.

Bien à l'avance, Huttunen avait bâti avec deux rondins un pont sur le ruisseau. Il avait dressé une moustiquaire dans le bosquet, dégagé devant une petite clairière, comme une sorte de jardin, et recouvert de foin le sol de terre sous la toile. Les insectes ne pourraient pas venir déranger la conseillère dans la fraîcheur de la tente. Les femmes s'énervent quand elles se font piquer par des moustiques. Sanelma serait sûrement contente de ces aménagements, pensa joyeusement Huttunen.

La terre rouge délayée dans une bouillie de seigle bistre lui avait donné une belle teinte sang-de-bœuf. Le soir même, la peinture était prête et, avant le dimanche, le moulin était repeint de neuf. Le travail n'avait pas coûté cher : la farine sortait des réserves de

Huttunen, il n'avait eu qu'à acheter la terre rouge, du sulfate de fer.

Le voisin, Vittavaara, arrêta son cheval devant le moulin; le solide fermier avait dans sa charrette une demi-dizaine de sacs de grain sur lesquels il était assis. Le meunier, ravi que son voisin lui apportât sa récolte de l'année passée à moudre, ajouta du bois sous la marmite et aida l'arrivant à attacher son cheval à la barre fixée au mur du bâtiment.

« Tu as décidé de te mettre à la peinture », remarqua Vittavaara pendant qu'ils portaient les sacs dans le moulin.

« J'ai vu à l'entrée du cimetière que ton moulin était en état et j'ai apporté ce qui me restait d'orge... Il faut bien se servir de notre propre moulin. Pour que la bonne eau de la rivière ne passe pas gratuitement et paresseusement devant pour aller se perdre ailleurs. »

Huttunen mit la machine en route, ouvrit le premier sac et laissa couler son contenu dans la trémie. Une odeur d'orge fraîchement moulue emplit bientôt le moulin. Les hommes sortirent, Huttunen offrit une cigarette à Vittavaara. Le meunier se dit qu'il avait finalement là un voisin bien sympathique. Un homme d'un tout autre calibre que Siponen et sa fainéante de femme.

« Tu as un beau hongre, dit chaleureusement Huttunen pour montrer que l'homme lui plaisait.

— Il est un peu ombrageux, mais sans ça c'est un bon cheval. »

Puis le père Vittavaara se racla la gorge. Huttunen en déduisit que son voisin avait autre chose en tête que la mouture de vieux grains d'orge. Vittavaara était-il porteur d'un message de Siponen? Ou du marchand Tervola, ou de l'instituteur?

« Écoute, entre hommes... entre bons voisins, je voudrais te mettre en garde, Nanar. Tu es un type bien à tout point de vue, il n'y a rien à dire... mais tu as quand même un défaut. On en a parlé au conseil d'aide sociale, en fait c'est moi le président. »

Huttunen éteignit sa cigarette, écrasa le mégot par terre. Qu'essayait donc de dire Vittavaara? Le meunier était sur ses gardes.

« Comment dire... tellement d'habitants de la commune ont des griefs contre toi. Il faut absolument que tu arrêtes tes hurlements et toutes tes autres extravagances. On s'est plaint de toi jusqu'au conseil. »

Huttunen regarda férocement son voisin dans les yeux.

« Répète franchement ce qu'on a dit de moi.

— Je te l'ai dit. Les hurlements doivent définitivement cesser. Ce n'est pas convenable qu'un homme mûr aboie de concert avec les chiens. L'hiver dernier et encore au printemps tu as tenu le village éveillé plusieurs nuits. Ma femme n'a pas pu dormir de tout le printemps, à cause de toi, et les enfants ont des problèmes à l'école. Ma fille a eu droit à un examen de passage. Voilà ce que c'est quand on veille la nuit et qu'on passe l'été au moulin à écouter tes sottises. »

Huttunen se défendit.

« J'ai moins hurlé que d'habitude, ce printemps. Je ne me suis vraiment laissé aller que quelques fois.

— Tu insultes les gens, tu fais le clown, tu te moques. Même Tanhumäki, l'instituteur, en a parlé. Tu imites toutes sortes de bêtes, et il faut encore que tu jettes des bombes dans la rivière.

« – C'était pour plaisanter. »

Vittavaara était lancé. Les veines des tempes gon-
flées, il accusa Huttunen.

« Et tu as le culot de protester, nom de Dieu!
Comme si je n'étais pas resté des milliers de nuits assis
sur le bord de mon lit à t'écouter gémir dans ton moulin, comme ça, écoute, ça ne te dit rien! »

Vittavaara, emporté, se mit à hurler, levant les bras,
le visage tourné vers le ciel. Un glapissement aigu sortit de sa gorge, si fort que le cheval prit peur.

« Voilà comment tu as effrayé le canton. Pauvre
fou! Et toutes tes exhibitions! Quand tu prétends être
un ours ou un élan ou un foutu serpent ou une grue,
regarde donc pour rire de quoi ça a l'air, regarde bien!
Si c'est un comportement humain! »

Vittavaara se mit à se dandiner comme un ours, gro-
gnant et donnant des coups de griffe, puis il se jeta à
quatre pattes et poussa de tels cris que le hongre tira
sur son mors.

« C'était l'ours, ça te dit quelque chose! Et puis ceci,
tu nous l'as aussi fait plusieurs fois! »

Vittavaara trottina autour de la marmite de peinture
rouge, s'ébroua et rauqua comme un renne, secoua la
tête, gratta le sol du pied et se pencha vers la pelouse
comme pour brouter du lichen. Puis il cessa de faire le
renne et se mit à jouer les lemmings : il fronça la
bouche, se mit sur ses pattes de derrière, couina hargneusement en direction de Huttunen, se faufila sous
la charrette comme un rongeur en colère.

Huttunen regarda la démonstration, finit par se
fâcher.

« Arrête tout de suite, tu es fou. En voilà un homme

qui ne sait même pas imiter correctement! Nom d'un chien, si j'ai fait l'ours, ça n'a quand même jamais été aussi sacrément maladroit. »

Vittavaara respira un bon coup, se força à retrouver son calme.

« Je veux juste dire que si tu ne changes pas de manières, le conseil te fera garrotter et conduire à l'asile d'Oulu. On en a déjà parlé à Ervinen. Le docteur m'a dit que tu étais mentalement dérangé. Un dément maniaco-dépressif. Tu as même battu la mère Siponen, une nuit, à la rendre sourde. Ça te revient? Tu as volé la balance du marchand pour la jeter dans un puits. Tervola a dû vendre ses farines à vue de nez pendant plusieurs jours, il y a perdu de l'argent. »

Huttunen entra en fureur. De quel droit ce type venait-il chez lui au moulin le tancer et le menacer! Vittavaara faillit recevoir un bon coup dans sa figure joufflue, mais le meunier se souvint au dernier moment des avertissements de Sanelma Käyrämö.

« Emporte tout de suite ton orge, jusqu'au dernier grain! Je ne moudrai pas une once de farine pour un individu pareil. Et, nom de Dieu, emmène cette carne de chez moi ou je la chasse dans les rapides. »

Vittavaara réagit avec un calme glacial.

« Tu moudras ce qu'on te dira de moudre. Il y a encore des lois dans ce monde, je vais te les apprendre. Tu hurlais peut-être dans le Sud, mais ici ça ne prend pas. Tiens-le-toi pour dit, je ne t'avertirai pas deux fois. »

Huttunen fonça dans le moulin, arrêta la machine. Il déversa la farine déjà moulue de la huche sur le sol, la fit voler en poussière sous ses pieds et détourna la trémie de la meule courante vers le plancher. Puis il jeta sur son dos un sac de grain encore fermé et courut avec sur le pont du moulin, tira son couteau de sa ceinture et l'éventra. Il secoua les grains directement dans les rapides et jeta derrière eux ce qui restait du ballot. Quant aux autres sacs, Huttunen les jeta tels quels à l'eau.

Vittavaara détacha le hongre terrifié et le conduisit à la route. De là, il cria au meunier :

« Tu as joué ton dernier tour, Nanar! Tu m'as gâché cinq sacs d'orge de première qualité, ça ne va pas en rester là!

Des sacs de grain gorgés d'eau flottaient dans la rivière. Huttunen cracha après. Le moulin se dressait à sa place, silencieux, la marmite de terre rouge fumante à ses pieds. Huttunen s'empara de la louche à peinture rouge feu et courut sus à Vittavaara. Ce dernier frappa le dos du cheval avec l'extrémité des rênes, le hongre emballé partit au galop, faisant crisser les roues de caoutchouc de la charrette. Les menaces criées par le fermier se mêlèrent au claquement des sabots.

« Il y a des lois pour les cinglés, sacrebleu! Fou à lier, voilà ce que tu es, bandit! »

Le courant emportait le grain de Vittavaara. Huttunen, épuisé, remonta au moulin. Avec une plume de coq de bruyère, il balaya la farine d'orge répandue sur le sol et la jeta par la fenêtre dans la rivière.

8

Le gardien de la paix Portimo, ancien du village et de la police, pédalait tranquillement sur sa vieille bicyclette équipée de pneus à basse pression vers le moulin des rapides de la Bouche. En descendant le coteau, il remarqua que Huttunen avait entrepris de peindre le bâtiment. Un mur était déjà prêt. De l'autre côté, au-dessus du pont, le meunier perché sur une échelle étalait de la terre rouge sur les rondins de bois gris.

Je ne serai pas venu pour rien, Nanar est chez lui, se dit paresseusement le gardien de la paix Portimo. Il adossa sa bicyclette contre le mur sud du moulin, qui n'était pas encore peint.

« Tu t'es lancé dans des embellissements, dis donc », cria-t-il à Huttunen qui descendait de l'échelle avec son pot de peinture.

Les hommes sortirent leurs cigarettes, Huttunen offrit du feu. Il songea que Vittavaara, le diable l'emporte, était allé raconter l'histoire des grains jetés dans le torrent. Le meunier demanda au policier après quelques bouffées :

« C'est au nom de la loi que tu circules ?

– Un policier sans terres n'a pas de grain à porter au moulin. Ce serait pour cette affaire de Vittavaara. »

Après avoir terminé sa cigarette et épuisé la question de la peinture du moulin, le gardien de la paix Portimo passa à sa mission officielle. Il sortit de son portefeuille une facture qu'il tendit à Huttunen. Le meunier y lut qu'il devait à Vittavaara l'équivalent de cinq sacs de grain. Il alla chercher dans la chambrette du moulin un crayon et de l'argent, paya et signa son nom au bas du papier. Le prix n'était pas bien élevé, mais il dit quand même à Portimo :

« Ils étaient germés, pour la plupart. Ils ont fini dans la rivière. Ils n'auraient même pas nourri les cochons. »

Le gardien de la paix compta l'argent, rangea les billets et le reçu dans son portefeuille. Il cracha délibérément dans le torrent.

« Ne fais pas trop le fier, Nanar. Parce que quand le commissaire est venu pour cette histoire de grain de Vittavaara, il a dit qu'il fallait t'enfermer. J'ai réussi à le calmer et à obtenir un compromis. Dis-toi bien, Nanar, qu'en principe Vittavaara avait de bonnes raisons de venir te voir. Il était venu te parler de tes accès de folie, n'est-ce pas ?

– C'est lui qui est fou.

– Il a raconté au commissaire qu'il avait été chez le docteur. Ervinen a promis de signer tes papiers d'aliéné. En théorie, y aurait qu'à t'attraper et à t'expédier chez les fous à Oulu. Si j'étais toi, j'essaierais de me dominer un peu. Et puis il y a cette histoire de Siponen. Et au magasin il paraît que tu as descendu la balance de comptoir dans le puits. La femme de l'ins-

tituteur est venue en parler, et Tervola a bien sûr téléphoné. Il a dit qu'il avait fallu démonter toute la
balance et qu'elle n'était plus aussi précise qu'avant. Il
a expliqué que les clients ne lui faisaient plus du tout
confiance. Au magasin, il y a tous les jours des contes-
tations sur le prix du kilo.

– Tu as une autre facture pour la balance ? Donne,
je peux bien encore payer cette putain de bascule. »

Le gardien de la paix Portimo emprunta le pont du
moulin jusqu'à la roue, sauta sur la berge près de la
scie à bardeaux ; un peu d'eau entra dans l'une de ses
bottes. L'homme longea le canal d'amenée jusqu'au
barrage. Huttunen le suivit. Sur le barrage, le policier
essaya de faire osciller les grosses pièces de bois, mais
elles étaient solidement ancrées dans le fond.

« Tu as vraiment bien retapé ce moulin. Il n'a d'ailleurs jamais été en si bon état, sauf neuf, évidemment,
complimenta le policier. Je me rappelle encore quand
on l'a construit sur ces rapides. C'était en zéro deux.
J'avais six ans. On y a moulu bien du grain. C'est seulement pendant la guerre qu'il s'est salement abîmé.
C'est bien que tu l'aies réparé, qu'on n'ait plus besoin
d'aller jusqu'à Kemi ou Liedakkala chercher des bardeaux et de la farine. »

Huttunen expliqua avec enthousiasme qu'il avait
encore le projet de changer la dernière partie du canal
d'amenée, et ce n'était pas tout.

« Je me suis dit qu'on pourrait brancher une scie à
grumes en plus. Le courant est bien assez fort. Il suffit
de mettre ici une roue simple ou d'agrandir la roue de
la scie à bardeaux et d'amener une courroie derrière.
Il faudra remblayer pour que le bâti soit suffisamment

près. Une courroie trop longue, si elle se détache, peut vous tuer. Beaucoup de scieurs se sont fait déchiqueter comme ça. »

Le policier évalua d'un air dubitatif le futur emplacement de la scie. Huttunen expliqua :

« Soixante charretées de pierres et de sable versées là et on a une assise pour la scie. Là, plus haut, il y a la place pour une pile de bois et une aire de stockage, même s'il y a beaucoup de sciage.

— Oui, maintenant je comprends. Mais tu ne peux pas en même temps débiter des grumes et des bardeaux.

— Évidemment pas si on utilise la même roue. Mais je suis tout seul ici.

— Effectivement. »

Le gardien de la paix Portimo imagina la nouvelle scie à sa place. Il regarda Huttunen dans les yeux avec bienveillance et dit gravement :

« Avec les projets que tu as, et puisque ton moulin est en si bon état, essaie un peu d'arrêter tes conneries. C'est un conseil d'ami que je te donne. S'ils m'obligent à t'emmener à Oulu, le moulin retombera en ruine et qui sait quel genre d'homme nous aurions à ta place. »

Huttunen acquiesça gravement aux propos du policier. Les hommes quittèrent le barrage. Portimo prit sa bicyclette contre le mur du moulin. En partant, il fit un signe de la main à Huttunen. Le meunier se dit que c'était bien là l'homme le plus agréable du village, bien qu'il fût policier.

Portimo le fit penser à Sanelma Käyrämö. Tous deux étaient aussi aimables et compréhensifs l'un que l'autre. Le lendemain, Huttunen retrouverait la conseillère dans l'île aux Aulnes, s'il ne pleuvait pas. A la radio, ils avaient promis un temps sec jusqu'au soir, il y avait heureusement un anticyclone au-dessus de la Fennoscandie.

Huttunen retourna badigeonner son moulin. S'il peignait toute la nuit, un moulin rouge se dresserait au matin aux rapides de la Bouche. Des femmes de Helsinki faisaient paraît-il une tournée à travers le pays pour présenter un spectacle de cabaret de ce nom. Elles étaient venues jusqu'à Kemi et Rovaniemi. Les jupes qu'elles portaient étaient si courtes que l'on voyait leur culotte et leurs jarretelles.

Il était agréable de peindre dans la nuit d'été fraîche et claire. Huttunen, bien que las, n'avait pas sommeil; deux bonnes choses lui occupaient l'esprit : la belle peinture neuve du moulin et, le lendemain, sa rencontre avec la conseillère horticole dans l'île au milieu du ruisseau. Il travailla d'arrache-pied toute la nuit. Quand le soleil du dimanche matin se leva pour éclairer le mur nord-est du moulin, le travail était fait. Le meunier porta dans la remise l'échelle et les quelques seaux de peinture rouge restants. Il se baigna dans la rivière puis fit deux fois le tour du moulin, admirant sa beauté. Pimpant moulin!

De bonne humeur, Huttunen entra dans la salle manger un morceau de saucisson de Finlande et boire un gobelet de babeurre. Puis il prit le chemin de l'île aux Aulnes. Le matin était jeune et le meunier fatigué s'endormit sur le feuillage dans la fraîcheur de la moustiquaire, un sourire heureux et confiant sur le visage.

9

Huttunen fut réveillé par un mouvement de la toile de tente. Une timide voix de femme se fit entendre à l'extérieur.

« Gunnar... je suis là. »

Le meunier passa dehors une tête ensommeillée. Il tira la conseillère hésitante à l'intérieur de l'odorante chambre blanche. La femme était nerveuse, fiévreuse, expliquant rapidement toutes sortes de choses : elle n'aurait finalement pas dû venir, ils ne devraient pas se voir comme ça, la femme de Siponen était toujours au lit et avait la ferme intention de ne jamais se relever... et quelle heure est-il donc ? Mais vraiment quelle belle journée.

Huttunen et la conseillère s'assirent sur la couche d'herbes, se regardèrent dans les yeux et se prirent la main. Huttunen aurait voulu serrer la femme dans ses bras, mais quand il essaya, elle eut un mouvement de recul.

« Je ne suis pas venue pour ça. »

Huttunen se contenta de lui caresser le genou. Sanelma Käyrämö songea qu'elle était maintenant seule dans une île déserte au fond des bois avec un malade mental. Comment avait-elle osé prendre ce risque ? Gunnar Huttunen pouvait lui faire ce qu'il voulait sans que personne l'en empêche. Il pouvait l'étrangler, la violer... Où l'homme cacherait-il le corps ? Il lui attacherait certainement des pierres aux pieds et la jetterait dans le ruisseau. Ses cheveux seuls flotteraient dans les tourbillons du courant, heureusement qu'elle n'avait pas de permanente. Mais si Gunnar la découpait en morceaux pour l'enterrer ? Sanelma Käyrämö imagina des pointillés sur son cou, sa taille et ses cuisses. Elle frissonna, mais pas suffisamment pour ôter sa main de celles du meunier.

Huttunen, ému, regarda la femme dans les yeux.

« J'ai peint le moulin, cette semaine. En rouge. Le gardien de la paix Portimo est passé l'admirer hier. »

La conseillère horticole tressaillit. Que voulait le policier ? Huttunen raconta l'histoire du grain de Vittavaara, qu'il dit avoir payé.

« Le commissaire m'a fait payer le prix de céréales à pain pour des grains germés. Heureusement qu'il n'y en avait que cinq sacs. »

La conseillère horticole entreprit avec fougue de convaincre Huttunen : il devait absolument aller voir le Dr Ervinen. Gunnar ne comprenait-il pas qu'il était malade ?

« Cher Gunnar, ton équilibre psychique est en jeu. Je t'en conjure, va parler à Ervinen.

— Ervinen est un simple médecin communal. Qu'est-ce qu'il comprend aux maladies mentales, il est fou lui-même, essaya de protester Huttunen.

— Si tu y allais par exemple demander des médicaments, puisque tu n'arrives pas à te maîtriser. Il existe maintenant des tranquillisants, Ervinen peut t'en prescrire. Si tu n'as pas d'argent, je pourrais t'en prêter.

– J'ai honte d'aller chez le médecin expliquer mes problèmes », dit Huttunen d'un air las en retirant sa main de celles de la conseillère. La femme regarda tendrement l'homme, lui caressa les cheveux, laissa ses doigts s'attarder sur son front haut et chaud. Elle songea que si elle allait maintenant avec le meunier, il en naîtrait forcément un enfant. Elle aurait un bébé dès la première fois. Elle n'était pas dans une période sûre. Et les femmes avaient-elles jamais des périodes sûres, vraiment sûres ? Un homme aussi grand, il suffit qu'il vous touche une fois pour que vienne un enfant. Un garçon. Elle n'osait même pas vraiment y penser. D'abord le ventre commence à grossir et dès l'automne il devient difficile de rouler à bicyclette. L'Association des clubs ruraux ne lui accorderait pas de congé dans un cas pareil. Heureusement que son père était tombé pendant la guerre d'Hiver, il ne le supporterait pas.

La conseillère horticole imagina quel genre d'enfant elle donnerait au meunier : ce serait un gros bébé, aux cheveux épais et au long nez. Il mesurerait au moins un mètre à la naissance. On n'oserait pas lui donner le sein, à ce bébé insensé engendré par un homme fou. Il ne gazouillerait pas comme un nourrisson ordinaire mais se mettrait vite à hurler comme son père. Ou au moins à geindre. Les vêtements d'enfant normaux ne lui iraient pas, il faudrait lui coudre un pantalon à pont dès le berceau. La barbe lui pousserait à cinq ans et à l'école il hurlerait pendant la prière du matin. Aux cours de sciences naturelles, il imiterait toutes sortes de bêtes et l'instituteur Tanhumäki serait obligé de le mettre à la porte au milieu du cours. Elle n'oserait plus aller prendre le café chez la femme de l'enseignant. Le reste de la journée, le fils de Huttunen traînerait au village et arracherait les affiches électorales sur les poteaux. Qu'inventerait-il ensuite le soir avec son père... quelle horreur.

« Non. Il faut vraiment que je parte. Je n'aurais pas dû venir du tout. Qui sait si on ne m'a pas vue. »

Huttunen posa sa main sur l'épaule de la femme. Elle ne sortit pas de la tente.

Qu'y avait-il de si calme et de si rassurant chez cet homme pour qu'on ne puisse s'en détacher ? Sanelma Käyrämö n'avait pas envie de partir. Elle aurait voulu rester dans cette chambre de drap blanche et fraîche toute la journée et même la nuit. Elle se dit qu'en général les fous l'épouvantaient, mais pas celui-ci. Gunnar avait un pouvoir de séduction que la raison ne pouvait expliquer.

« Ce serait horrible si on te prenait et si on t'emmenait à Oulu.

– Je ne suis quand même pas si fou. »

La conseillère horticole resta silencieuse. A son avis, Gunnar Huttunen était tout à fait assez fou pour être conduit à Oulu. Elle avait suffisamment entendu parler de ce fou de Nanar. Si seulement elle pouvait être complètement seule avec lui, qu'aucun tiers ne les voie jamais ! La conseillère horticole trouvait la folie de Gunnar Huttunen tout à fait à son goût, amusante même ; elle ne pouvait pas l'en blâmer. Que peut-on à sa propre tête ! Les villageois ne le comprenaient pas.

Sanelma Käyrämö se prit à imaginer qu'ils se mariaient. Gunnar la mènerait à l'autel, ils recevraient la bénédiction nuptiale dans la vieille église du canton. La nouvelle était trop grande et sinistre. La Saint-Michel serait une bonne date pour le mariage. Elle n'avait plus le temps de coudre une robe pour la Saint-Jean. Gunnar aussi devrait se faire tailler un costume sombre, qui pourrait plus tard servir à l'occasion pour les enterrements. Les noces, donc, le jour de la Saint-Michel. L'enfant naîtrait opportunément au printemps suivant. Les bébés de printemps sont adorables, les jus de légumes leur apportent en été un bon complément au lait. Maintenant, la conseillère horticole voyait son futur bébé comme une mignonne fillette rosissante.

Ils habiteraient tous les trois dans le petit logement du moulin rouge. Le bébé s'endormirait le soir bercé par le murmure du ruisseau. Il ne pleurnicherait jamais, Gunnar aussi le coucherait dans son berceau. Le petit lit, fabriqué par le meunier, serait laqué en bleu clair. Des meubles de la mansarde des Siponen, Sanelma pourrait apporter les rideaux et au moins le buffet en bouleau veiné. Il faudrait accrocher dans la salle une applique en forme de fleur et, dessous, des fauteuils en osier pour quatre. Au moins pour deux. On mettrait la radio sur l'appui de la fenêtre pour qu'on la voie de l'extérieur. Dans la chambre, il faudrait absolument un lit à deux places avec des tables de nuit de chaque côté. L'une avec un miroir. Toutes les semaines, en jeune maîtresse de maison, elle balaierait les planchers et battrait les tapis. On achèterait un hochet au magasin de Tervola. Quelquefois, toute la famille irait faire les courses, à l'aller Gunnar pousserait le landau. S'il restait boire de la petite bière et parler des affaires du moulin, cela ne ferait rien. Elle pourrait faire un bout du chemin de retour avec la femme de l'instituteur.

Non, tout était impossible. Si elle ne quittait pas bientôt cette tente, elle aurait un enfant, le bébé fou d'un homme fou.

Pourtant, la conseillère horticole n'arrivait pas à partir. Elle se prélassa toute la journée du dimanche avec le meunier dans la tente parfumée, jusqu'au soir. Ils étaient heureux, parlaient de tout et de rien, se tenaient par la main ; Huttunen caressait les mollets de la femme. Ce n'est que quand le soir fraîchit que le meunier raccompagna la conseillère jusqu'à la grand-route, d'où elle partit à bicyclette chez les Siponen. Pensif, il se dirigea à pied dans la direction opposée, vers les rapides de la Bouche.

« Bonne journée. Ah ! que j'aime la consultante ! » se disait-il.

La lumière rouge du soleil couchant faisait si bellement flamboyer le moulin que Huttunen eut envie de hurler à pleins poumons, de pur bonheur et d'amour. Puis il se rappela que Sanelma Käyrämö avait exigé qu'il consulte le Dr Ervinen. Il pompa de l'air dans le pneu arrière de sa bicyclette et l'enfourcha. Il était presque onze heures, mais le meunier n'avait pas sommeil.

10

Ervinen habitait dans une vieille maison de bois en
face du cimetière, au bout d'une longue allée de bouleaux. Il avait sous le même toit son cabinet médical et
son logement de célibataire. Quand Huttunen frappa à
la porte de la maison doctorale, le médecin en personne vint ouvrir. C'était un homme d'une cinquantaine d'années, mince et robuste. Vu l'heure tardive,
Ervinen portait une veste d'intérieur et des pantoufles.

« Bonjour, docteur. Ce serait pour une consultation,
dit Huttunen.

Ervinen introduisit le patient dans la maison. Le
meunier examina la pièce, dont les murs étaient ornés
de nombreuses scènes de chasse. Sur le manteau de la
cheminée, il y avait des têtes d'animaux empaillées,
sur les murs et le sol des peaux de bêtes. L'endroit sentait le tabac à pipe. C'était un intérieur sobrement
masculin, qui servait à la fois de salon, de bibliothèque
et de salle à manger. On n'y avait pas fait le ménage
depuis longtemps, mais Huttunen le trouvait accueil-
lant.

Le meunier caressa une peau d'élan étalée devant

un fauteuil et demanda au docteur s'il avait lui-même abattu tous les animaux dont les dépouilles étaient exposées en si grand nombre dans la salle.

« J'en ai tué la plus grande part moi-même, mais il y a aussi des trophées qui me viennent de feu mon père. Par exemple ce lynx, là, et cette martre sur la cheminée. On a du mal à en trouver de nos jours, elles se font rares. J'ai surtout chassé des oiseaux, ici dans le Nord. Et j'ai bien sûr tiré des renards et quelques élans avec le secrétaire communal. »

Ervinen s'enflamma : il se mit à raconter comment, pendant la guerre, il avait abattu près de trente élans avec son chef de bataillon, en Carélie orientale. Ervinen était alors médecin du bataillon et avait donc une assez grande liberté de mouvement. Il avait aussi pêché, et avait pris beaucoup de poisson.

« Dans l'Äänättijoki, avec le major Kaarakka, nous avons pris seize saumons, une fois ! »

Huttunen nota que pour sa part il avait pêché bon nombre de truites et d'ombres dans la rivière du Moulin, l'automne précédent. Le docteur savait-il qu'il y en avait pas mal dans les ruisseaux, surtout près des sources ?

Ervinen, excité, faisait les cent pas dans la pièce. Il avait rarement l'occasion de parler chasse et pêche avec quelqu'un qui y entendît quelque chose. Tout prouvait que le meunier était maître dans ces arts. Ervinen déclara que c'était sacrément dommage qu'on eût construit le barrage d'Isohaara à l'embouchure du Kemijoki et que les saumons eussent cessé de remonter. Ce serait bien agréable de ramener du saumon dans son épuisette et de le faire griller au feu de bois au bord du fleuve. Mais la nation avait besoin d'électricité. Quand il fallait choisir entre un petit mal et un grand bien, ce dernier l'emportait forcément.

Ervinen sortit d'un buffet d'angle deux verres à pied dans lesquels il versa un liquide transparent. En portant le godet à ses lèvres, Huttunen devina que le breuvage était de l'eau-de-vie. Elle brûla longtemps le long gosier du meunier, coula lentement au fond de son ventre où elle resta à clapoter, torride. Il ressentit aussitôt une franche satisfaction et une respectueuse camaraderie pour le docteur. Celui-ci discourait de chasse au lièvre et des chiens qu'il fallait employer. Puis le médecin montra à Huttunen ses armes de chasse, qui couvraient tout un mur : un fusil de guerre japonais transformé en lourd fusil de chasse, un rifle Sako, une carabine dite de salon et deux fusils à plombs.

« Je n'ai qu'un fusil à plombs russe à canon simple, dit modestement Huttunen. Mais je pensais acheter un fusil à balles à l'automne. J'ai déjà été demander un permis au commissaire, cet hiver, mais il a refusé. Il a dit qu'il devrait d'ailleurs venir récupérer le fusil à plombs. Je me demande ce qu'il a bien voulu dire par là. Quoique je sois plutôt pêcheur. »

Ervinen raccrocha les armes au mur. Puis il vida son verre et demanda d'un ton plus officiel :

« Qu'a donc notre meunier ?

– C'est qu'ils disent que je suis un peu dérangé... allez savoir. »

Ervinen s'assit dans un fauteuil à bascule tapissé d'une peau d'ours et scruta Huttunen. Puis il hocha la tête et dit avec bienveillance :

72

« C'est un peu le cas. Je ne suis qu'un simple généraliste mais je ne pense pas me tromper beaucoup en diagnostiquant que vous êtes neurasthénique. »

Huttunen était mal à l'aise. C'était tellement gênant de parler de ces choses. Il savait bien qu'il n'était pas tout à fait normal, et il le reconnaissait. Il l'avait toujours su. Mais au diable si ça concernait les autres. Neurasthénique... peut-être, en effet, était-il neurasthénique. Et après ?

« Est-ce qu'il y a des pilules pour ce genre de maladie ? Si le docteur m'en prescrivait un flacon pour que les villageois se calment. »

Ervinen se dit qu'il avait devant lui un cas bien touchant – un homme du peuple atteint d'une maladie nerveuse congénitale, bénigne certes mais évidente. Comment saurait-il le traiter ? Impossible. Un tel homme devrait se marier et oublier toute l'histoire. Mais d'où un fou prendrait-il une femme ? Les femmes ont déjà bien assez peur des hommes de cette taille.

« En tant que médecin, je voudrais vous demander... est-ce que c'est vrai que vous avez l'habitude de hurler la nuit, surtout pendant l'hiver ?

– J'ai effectivement dû geindre un peu l'hiver dernier, reconnut Huttunen, honteux.

– Et qu'est-ce qui fait gémir notre meunier de cette façon ? Est-ce une obsession, telle que vous ne pouvez rien faire d'autre que hurler ? »

Huttunen aurait préféré être ailleurs, mais quand Ervinen lui reposa la question, il dut répondre :

« Ça... ça sort automatiquement... j'ai d'abord comme un besoin de crier. La tête me serre, puis il faut que ça sorte, très fort. Ce n'est pas que ce soit vraiment obligé, ça me prend juste comme ça, quand je suis seul. Ça me soulage toujours. Quelques hurlements suffisent. »

Ervinen mit la conversation sur l'habitude de Huttunen d'imiter bêtes et gens. D'où cela venait-il ? Que signifiait cette attitude pour le meunier ?

« Je me sens simplement si guilleret, par moments. J'ai envie de plaisanter, mais ça tourne sans doute souvent au cirque. La plupart du temps, je suis plutôt lugubre, je ne me lance pas bien souvent dans ces imitations.

— Et quand vous êtes d'humeur sombre, vous avez envie de hurler, intervint Ervinen d'un ton incisif.

— Oui, dans ces cas-là, ça aide.

— Vous arrive-t-il de parler seul ?

— Quand je suis de bonne humeur, je bavarde parfois de tout et de rien », reconnut Huttunen.

Ervinen alla au placard d'angle, en sortit un petit flacon de médicaments qu'il tendit au meunier. Il expliqua qu'il y avait dans le flacon des pilules qu'il pouvait prendre quand il se sentait très déprimé, mais il fallait faire attention de ne pas trop en prendre. Une pilule par jour suffisait.

« Elles datent de la guerre. On n'a d'ailleurs plus le droit d'en préparer. N'en prenez que si ça va vraiment mal, ça fera certainement de l'effet. Donc uniquement si vous vous sentez vraiment sur le point de hurler. »

Huttunen mit le flacon dans sa poche et se prépara à partir. Ervinen fit toutefois remarquer qu'il n'avait pas encore l'intention d'aller se coucher, son hôte pouvait prendre un deuxième verre. Il versa une rasade d'eau-de-vie dans le godet du meunier, avant de se resservir lui aussi.

Les hommes burent en silence. Puis Ervinen se remit à parler de chasse. Il raconta qu'il était allé à Turtola, avant les guerres, vers la fin de l'hiver. Il avait alors deux spitz-loups. On avait chassé l'ours, il en hivernait encore à l'époque à Turtola. Ervinen avait payé un paysan du cru pour se faire indiquer l'emplacement d'une tanière. L'homme l'avait conduit avec son cheval, le long d'un chemin forestier, jusqu'à un cercle tracé dans la neige autour du gîte de l'ours; on avait laissé le cheval à un kilomètre de là et on avait fait le reste du chemin à skis, les chiens en laisse.

« C'est incroyable ce qu'une première chasse à l'ours peut être excitante. C'est plus enivrant que la guerre.

– Ça se conçoit », dit Huttunen en buvant une gorgée de gnôle.

Ervinen les resservit avant de continuer.

« J'avais vraiment des chiens fantastiques. Ils n'avaient pas plutôt senti la tanière de l'ours qu'ils ont foncé dessus! La neige volait quand ils sont rentrés, comme ça! »

Ervinen se mit à quatre pattes sur le tapis pour imiter les vautres assaillant l'ours endormi dans son trou.

« C'est alors que ce satané ours est sorti, bien obligé. Les chiens lui ont tout de suite sauté aux fesses, comme ça! »

Ervinen, grondant de fureur, planta ses dents dans

l'arrière-train de la peau d'ours étalée sur le fauteuil à bascule, la faisant voler par terre. Il traîna la dépouille, la bouche pleine de poils.

« Impossible de tirer, on risquait de toucher les chiens! »

Le docteur, surexcité, recracha des poils d'ours, remplit au passage leurs deux verres et poursuivit son récit. Il mimait alternativement ses chiens, puis l'ours aux abois. Le médecin se donnait avec tant d'ardeur à son spectacle qu'il était couvert de sueur. Quand enfin il parvint à tuer l'ours, il lui coupa symboliquement la langue au fond de la gorge et la jeta en pâture aux chiens. Son geste fut si brutal que le cendrier se renversa sur la table, mais le chasseur n'en eut cure. Il enfonça son couteau dans la poitrine de l'ours, fit couler sur la neige le sang du roi de la forêt. Il se pencha au-dessus de la carcasse imaginaire pour boire le sang chaud de la bête abattue, mais, comme il n'y en avait pas en réalité, il se jeta un verre d'eau-de-vie dans le gosier. Enfin il se releva et s'assit, le visage empourpré, dans le fauteuil à bascule.

La scène avait fait si forte impression à Huttunen qu'il n'y tint plus et sauta de sa chaise pour se mettre à faire la grue.

« L'autre été, à Posio, j'ai vu une grue dans les marais. Elle se pavanait et craquetait, comme ceci! Elle piquait des grenouilles dans un trou d'eau, comme cela! Elle les engloutissait ainsi! »

Huttunen montra comment la grue embrochait les grenouilles des marais, comment elle allongeait son grand cou et levait les pattes, et comment elle glatissait de sa voix aiguë.

Le médecin, abasourdi, suivait la représentation. Il ne comprenait pas ce qui prenait son patient. Le meunier se moquait-il de lui ou l'homme était-il réellement assez fou pour se mettre tout d'un coup à imiter une grue qu'il n'avait même pas tirée? Les craquètements perçants de Huttunen exaspéraient Ervinen. Il conclut que l'extravagant meunier avait décidé, avec son esprit dérangé, de se moquer de lui. Ervinen se leva de son siège et dit d'une voix tendue :

« Arrêtez, mon bon. Je ne supporterai pas de pitreries pareilles chez moi. »

Huttunen cessa de glatir. Il se calma, fit remarquer doucement qu'il n'avait pas du tout eu l'intention d'irriter le docteur. Il montrait simplement comment les animaux de la forêt se comportaient dans la nature.

« Le docteur a bien imité un ours. C'était un beau spectacle! »

Ervinen se fâcha. Il avait seulement illustré une scène de chasse, et cela ne voulait pas dire qu'il fallait immédiatement l'imiter d'une manière aussi ridicule et de si mauvais goût. Personne n'avait le droit de faire le fou chez lui.

« Sortez d'ici. »

Huttunen fut ébahi. En fallait-il si peu pour fâcher le docteur? Bizarre comme les gens étaient finalement nerveux. Le meunier tenta de s'excuser, mais Ervinen ne voulait plus entendre parler de cette histoire. Inflexible, il montra la porte, refusa d'être payé pour les médicaments, mit le verre d'alcool à moitié bu hors de portée du meunier.

Huttunen se dépêcha de sortir, les oreilles bour-
donnantes. Effaré et honteux, il traversa le jardin en
courant jusqu'à l'allée de bouleaux, oubliant sa bicyclette. Le médecin, venu sur le perron suivre la
retraite de son patient, vit sa haute silhouette filer
vers le cimetière.

« Les fous maintenant qui se moquent de vous.
Cet homme-là non plus ne comprend rien à la
chasse. Quel rustre ! »

11

À l'angle du cimetière, Huttunen s'arrêta. Il avait mal au cœur et au ventre. La gnôle d'Ervinen dans le ventre et la haine d'Ervinen dans le cœur – comment le docteur avait-il pu s'irriter autant ? D'abord le faire boire puis se fâcher. Un homme imprévisible, songea Huttunen.

Il avait envie de hurler sa souffrance, mais comment oser.

Huttunen se rappela soudain les tablettes qu'Ervinen lui avait données. Il sortit le flacon de sa poche, dévissa le bouchon et versa dans le creux de sa main un tas de petites pilules jaunes. Combien fallait-il en prendre, déjà ? Des tablettes aussi ridiculement petites pouvaient-elles seulement être efficaces ?

Huttunen se jeta dans la bouche une demi-poignée de tablettes. Il mastiqua les médicaments malgré leur mauvais goût et les avala aussi sec.

« Pouah ! Quelle horreur. »

Les pilules d'Ervinen étaient si amères que Huttunen dut se précipiter à la pompe du cimetière pour boire de l'eau. Le meunier s'adossa contre la pierre tombale d'un certain Raasakka, mort depuis des lustres, pour attendre que les médicaments fassent leur effet.

Presque aussitôt, le crâne du meunier se mit à bouillonner. Les puissants neuroleptiques se mélangèrent à son sang chargé d'alcool. Son sentiment de malaise se dissipa. Son cœur se mit à battre rapidement, lourdement. Des hordes d'idées bourdonnaient en nuages épais dans sa tête. Il avait le front chaud, la langue sèche et envie d'entreprendre quelque chose, n'importe quoi – autour de lui, les dalles funèbres avaient l'air de blocs de pierre grossièrement polis, à demi terminés, qui avaient en outre été disposés au hasard, n'importe où. Il serait bon de les aligner en meilleur ordre. Les vieux arbres du cimetière avaient eux aussi poussé en désordre. Il valait mieux tous les abattre et en planter de nouveaux, mieux rangés. La vieille église de bois aux murs rouges amusa soudain Huttunen et la grande église neuve, avec ses planches jaunes, était franchement risible.

Le meunier rit à gorge déployée, rit de tout ce qu'il y avait autour de lui : les tombes, les arbres, les églises et même la clôture du cimetière.

Une brutale compulsion d'agir chassa le meunier de l'enceinte sacrée. Il se rappela qu'il avait laissé sa bicyclette chez Ervinen. Il partit en courant vers la maison du docteur, si vite que les larmes lui montèrent aux yeux et que sa casquette s'envola ; le coureur laissa des traces profondes dans le sable du jardin, quand il freina pour tourner le coin du bâtiment et prendre sa bicyclette. Elle était bien là !

Ervinen sirotait sa gnôle devant la cheminée. Il

réfléchissait au cas de Huttunen. Il regrettait un peu d'avoir perdu patience devant un simple homme du peuple. Peut-être le meunier n'avait-il pas pensé à mal avec ses pitreries ? Peut-être le sens de l'humour du pauvre homme était-il vraiment de si piètre goût qu'il se manifestait sous des formes aussi inacceptables ? Un médecin ne devait jamais s'énerver devant un patient. Les vétérinaires avaient la vie bien facile ! Dans un cas pareil, un vétérinaire pouvait pour tout diagnostic se contenter de déclarer que la bête était folle ou emballée et qu'il fallait l'achever. L'affaire serait réglée, le propriétaire tuerait sa vache ou son cheval et ce représentant du monde animal ne poserait plus jamais de problèmes à son médecin traitant.

Déprimé, Ervinen ferma les yeux pour les rouvrir aussitôt, sursautant à un bruit sourd de l'autre côté du mur. Tout de suite après, le médecin reconnut la voix du meunier. Il saisit un fusil sur le mur, noua la ceinture de sa veste d'intérieur et se rua dehors, perdant presque ses pantoufles.

Huttunen surgit à l'angle de la maison, sa bicyclette à la main. Le meunier était complètement égaré : les yeux enfoncés dans les orbites, la bave aux lèvres. Ses gestes étaient brusques, outranciers.

« Tu as pris des médicaments, pauvre fou ! » cria Ervinen à Huttunen, qui le vit et l'entendit à peine. « Tout de suite au lit, nom de Dieu ! »

Le meunier repoussa le médecin et son fusil. Il monta sur sa bicyclette. Ervinen s'accrocha au porte-bagages des deux mains, le fusil tomba sur le sol, mais Huttunen avait déjà pris de la vitesse et un frêle médecin ne risquait pas de faire le poids. Ervinen se fit traîner sur une vingtaine de mètres, jusqu'à ce qu'il soit obligé de lâcher prise, car il perdait ses pantoufles et personne n'est assez fou pour tenter de freiner nu-pieds sur des gravillons un cycliste forcené. Ervinen entendit Huttunen tempêter dans l'allée de bouleaux. Il ne distingua pas un mot sensé dans ses cris.

Braillant et beuglant de toutes ses forces, Huttunen traversa le village. Il s'invita dans presque toutes les maisons, réveilla les gens, salua, parla, chanta, hurla, claqua les portes et donna des coups de pied dans les murs. Tout le centre du canton résonnait du chahut du meunier. Les chiens étaient déchaînés, les femmes se lamentaient et le pasteur implorait Dieu.

On téléphona au commissaire Jaatila. Quelqu'un devait venir calmer le meunier au nom de la loi. Juste comme Jaatila était au téléphone, Huttunen arriva devant chez lui, courut au perron et donna un coup de pied dans la porte. Jaatila alla à la rencontre de l'arrivant.

Huttunen demanda de l'eau, il avait la bouche sèche. Mais le commissaire, au lieu de lui offrir à boire, alla chercher dans sa chambre sa matraque réglementaire et en abreuva si bien les oreilles du meunier que le pauvre homme, titubant dans le jardin les yeux pleins d'étoiles, dut poursuivre son chemin en se tenant la tête.

Le commissaire appela le gardien de la paix Portimo, qui était déjà au courant.

« Ça fait presque une demi-heure que le téléphone sonne sans arrêt. Ils disent que Huttunen aurait une crise.

— Passe-lui les menottes et mets-le en cellule. Ça

fait trop longtemps que la loi et l'ordre sont bafoués dans ce canton. »

Le gardien de la paix Portimo enfila ses bottes à tige de caoutchouc, chargea son pistolet, prit une paire de menottes et un rouleau de corde. Puis il partit à la recherche de Huttunen. Il avait peur, le meunier était maintenant de méchante humeur. Les devoirs de sa charge paraissaient parfois bien lourds et bien désagréables au vieux policier solitaire.

« J' t'en prie, mon Dieu, fais qu'il se calme. Ce s'rait mieux pour nous tous », songeait Portimo en son cœur.

Le policier fut vite au fait des déplacements de l'homme qu'il devait arrêter. La nuit d'été battait au rythme de Huttunen. On entendait du côté de la maison de Siponen un chambard de tous les diables – le gardien de la paix en conclut que le meunier était arrivé jusque-là. Apparemment l'accueil qui lui était fait n'était pas des plus tendres.

Dans la cour de Siponen, il s'était heurté à un groupe de villageois déterminés : le marchand Tervola, l'instituteur Tanhumäki, le ministre du culte et la pastoresse, quelques paroissiens de moindre importance, maître Siponen lui-même et son valet Launola. Le chien de la maison tournait dans leurs jambes, cherchant à planter ses dents dans le postérieur de Huttunen, car il avait été dressé pour la chasse à l'ours. Épouvantée, la conseillère horticole Sanelma Käyrämö suivait la bataille dans l'enclos nocturne, priant et gémissant. La femme infirme de Siponen avait été abandonnée seule sur son lit de douleur dans la solitude de sa chambre, mais la bonne femme, ne l'entendant pas de cette oreille, sauta du lit poussée par la curiosité et la fureur. Oubliant son mal incurable, la fermière courut à la fenêtre voir comment la meute tabassait le meunier fou des rapides de la Bouche.

À grand renfort de coups de pied et de coups de poing, on réussit à lui rabattre la chanterelle. Quand le gardien de la paix Portimo arriva sur les lieux, on lui prit aussitôt sa matraque, dont on rossa si bien le meunier qu'il se sentit mal. De ses dernières forces, il parvint à agripper la cheville de Launola, qu'il serra si vivement que le glapissement de douleur du valet de ferme couvrit le tohu-bohu.

Submergé par le nombre et fatigué de s'être tant démené, le meunier dut se soumettre. Portimo fit claquer les menottes sur ses poignets, et l'instituteur, aidé du marchand, traîna la malheureuse proie jusqu'à une charrette à pneus sur laquelle on la ligota solidement. Le pasteur s'assit sur la tête de Huttunen le temps qu'on attelle le cheval. Le meunier mordit l'ecclésiastique au cul, mais sans conséquences fâcheuses, du moins pour la pastoresse. Siponen monta debout sur la charrette et cravacha le cheval. On partit conduire Huttunen en prison.

Près du cimetière, le convoi fut stoppé par Ervinen, courant à sa rencontre. Le fusil à la main, il cria :

« Halte! Je vais examiner le cas! »

Ervinen regarda le meunier ficelé dans la charrette droit dans les yeux. Il rendit aussitôt son diagnostic :

« Fou à lier. »

Huttunen fixa le médecin d'un regard imbécile, sans reconnaître l'homme, sans plus crier. Ervinen fouilla la poche de Huttunen à la recherche du flacon de médicaments, le glissa prestement dans sa propre poche, puis essuya la bave autour de la bouche du dément. Il déclara pour conclure :

« Gardez-le enfermé. Je lui ferai demain matin des papiers pour Oulu. »

On frappa la croupe du cheval. Le convoi disparut vers le poste de police du village. Ervinen vit le gardien de la paix Portimo sécher le front du détenu de son propre mouchoir.

Chez lui, le docteur secoua le sable de ses pantoufles et raccrocha son fusil au mur. Il rangea dans l'armoire le flacon de médicaments confisqué à Huttunen. Voyant le peu de comprimés qui restait, il hocha tristement la tête. Il but une gorgée médicinale d'eau-de-vie droit au goulot et alla s'allonger, savates aux pieds.

La mère Siponen faisait du café au marchand, à l'instituteur et au pasteur, qui caressait le spitz acariâtre de la maison. Soudain, elle se rappela sa propre maladie incurable, se frappa solennellement la poitrine et s'effondra sur le plancher, puis se traîna dans sa chambre, l'air aussi paralytique que possible. Là elle se plaignit du mal qui l'avait terrassée à jamais, qui ne lui permettrait plus de quitter son lit que pour sa tombe.

Sanelma Käyrämö ne trouva pas le sommeil de la nuit. Elle pleura entre ses draps son Gunnar chéri, qu'un coup du sort inexplicable lui avait enlevé. Dans sa chambre solitaire, la douleur de la jeune femme esseulée se mua en amour inconsolable.

Gunnar, mis aux fers, s'endormit dans sa cellule. Il

ne se réveilla que le lendemain, étonné de se trouver
ligoté sur la banquette arrière d'une automobile. Portimo, le gardien de la paix, était assis à côté de lui.
Doucement, en s'excusant presque, il dit au meunier :
    « On est déjà à Simo, Nanar. »

12

L'asile était un grand bâtiment sinistre en brique rouge. Il faisait plus penser à une caserne ou à une prison qu'à un hôpital. Le gardien de la paix Portimo regarda la bâtisse et dit :

« L'endroit ne me dit rien de bon... mais ne m'en veux pas, Nanar. J'y suis pour rien, je t'ai conduit ici en service commandé. Si j' pouvais, j' te laisserais partir. »

Huttunen fut inscrit sur la liste des patients. On lui donna des vêtements d'hôpital : un pyjama usé, des pantoufles et un bonnet. Le pantalon était trop court, comme les manches de la veste. Il n'y avait pas de ceinture. On lui prit son argent, ainsi que tous ses effets.

On conduisit le meunier à travers des couloirs sonores jusque dans une grande chambre où il y avait déjà six autres hommes. On lui indiqua un lit et on lui dit qu'il pouvait tranquillement se laisser aller à son mal. La porte du couloir claqua, la lourde clef tourna dans la serrure. Tout contact avec le monde extérieur était rompu. Huttunen comprit qu'on l'avait finalement expédié chez les fous.

La chambre était froide et lugubre. Elle était meublée de sept lits en fer et d'une table rivée au mur de béton. L'un des côtés de la pièce était percé d'une haute fenêtre garnie de barreaux. On voyait à cet endroit que le mur extérieur du bâtiment mesurait près d'un mètre d'épaisseur. Les parois de la chambre d'hôpital présentaient çà et là des fissures qui avaient été colmatées à la chaux. Au milieu du plafond pendait une ampoule électrique transparente, sans abat-jour.

Les autres malades étaient allongés ou assis sur leur lit. Ils tournèrent à peine la tête à l'arrivée du nouveau patient. Le voisin de lit de Huttunen était un vieil homme tremblant, qui se tenait assis sur le bord de sa paillasse, les yeux fermés, marmonnant des propos incompréhensibles. Le lit suivant était occupé par un homme un peu plus jeune, chauve, qui fixait le coin de la pièce sans ciller. Le troisième patient était un maigriot pleurnichard, plus jeune que les autres, dont le visage changeait sans cesse d'expression : par moments joyeux, par moments triste, plein de souffrance. Son front se plissait parfois, mais un instant plus tard sa bouche tremblante se figeait dans un sourire niais, machinal.

Près de la porte, allongé sur un lit isolé, un homme robuste apparemment sain de corps et d'esprit, un livre à la main, lisait.

Au fond de la pièce se tassaient encore deux vieillards moroses qui semblaient se satisfaire de leur triste compagnie réciproque : ils se fixaient sans broncher, sans mot dire, leurs yeux seuls lançant des éclairs.

Dans l'ensemble, les occupants de la chambre semblaient désespérés, amorphes. Huttunen essaya de lier connaissance avec ces aliénés profonds. Il sourit, salua et demanda à son voisin de lit :

« Comment ça boume ? »

Il n'obtint aucune réponse. L'homme qui lisait près de la porte fut le seul à saluer Huttunen. Ce dernier essaya de se renseigner sur les habitudes de la maison, demanda d'où chacun était originaire, mais en vain. Enfermés dans leurs pensées, ses compagnons ne manifestaient aucune envie de communiquer. Huttunen soupira, résigné, et se laissa tomber sur son lit.

Dans la soirée, un infirmier rougeaud passa dans la chambre. Il avait relevé ses manches comme s'il était entré dans l'espoir d'en venir aux mains. Le vigoureux garde-malade s'adressa à Huttunen.

« C'est toi qu'on a amené ce matin ? »

Huttunen acquiesça. Il s'étonna de ce que les autres patients lui eussent à peine adressé la parole.

« Ceux-ci sont plutôt sombres et taciturnes. C'est souvent dans cette chambre qu'on met les nouveaux. C'est mieux, parce qu'avec les agités il y a toujours du grabuge. »

L'infirmier expliqua ce que l'hôpital attendait de Huttunen.

« Tu te tiens correctement et tu ne commences pas à semer la pagaille. On sert à manger deux fois par jour. Il y a sauna une fois par semaine. Tu peux pisser quand ça te chante, il y a un pot dans le placard. Si tu as envie de chier, tu préviens. Le docteur passe le lundi. »

L'infirmier se retira, fermant la porte à clef. Huttunen songea qu'on était jeudi. Il ne verrait le médecin que lundi. Il avait bien du temps devant lui, maintenant. Il s'étendit sur le lit pour essayer de dormir. Les pilules d'Ervinen faisaient encore de l'effet et il s'assoupit, mais ensuite, la nuit venue, le sommeil le fuit.

Plus tard, l'infirmier vint ordonner aux patients de se coucher. La chambrée obéit sagement. Bientôt la brillante lumière électrique du plafond s'éteignit, actionnée depuis le couloir.

Le meunier écoutait ses compagnons endormis. Deux ou trois patients ronflaient. L'air de la chambre était chargé de remugle, quelqu'un, dans un coin, pétait de temps en temps. Huttunen eut envie de réveiller le péteur, mais il se rappela que les deux patients les plus inquiétants dormaient dans ce coin.

« Qu'ils pètent, les misérables. »

Huttunen songea que, dans un tel endroit, n'importe qui deviendrait fou s'il ne sortait pas rapidement. C'était atroce d'être allongé dans une pièce noire, entouré de malades mentaux. Quelle utilité cela pouvait-il avoir ? Cet enfermement guérissait-il qui que ce soit ? Tout était si ordonné et cadenassé que toute décision vous échappait.

On vous accompagnait jusqu'aux cabinets. L'infirmier surveillait que le patient ne salisse pas l'endroit. C'était humiliant.

Les premières nuits, Huttunen resta éveillé. Il transpirait dans son lit, se retournait, soupirait. Il avait envie de hurler mais réussit à se maîtriser.

Dans la journée, le temps passait mieux. Huttunen obtint même quelques réponses des autres patients. Le jeune maigriot dont l'expression changeait tout le temps vint plusieurs fois lui expliquer son cas. Le pauvre s'exprimait de manière si confuse que le meunier ne comprenait rien à ses propos. Il approuvait de la tête les discours du garçon, acquiesçait.

« Et oui. C'est ainsi. »

Dans la salle à manger régnaient le tumulte et le tapage, mais les repas apportaient une diversion à la monotonie des jours. Beaucoup de malades mangeaient avec les doigts, faisaient couler de la bouillie sur leur menton, renversaient les plats et gloussaient bêtement malgré les sévères réprimandes.

La chambre était balayée chaque jour par une femme acariâtre qui avait la manie immuable d'engueuler copieusement les malades. Elle les traitait de paresseux et de bons à rien, de souillons. Elle houspilla Huttunen.

« Comment peut-on être aussi grand et oser faire le fou ! »

De temps en temps, l'infirmier venait dans la chambre donner des médicaments aux patients. Il distribuait les pilules, et veillait à ce qu'on les prenne en sa présence. Si quelqu'un n'avalait pas immédiatement ses tablettes, l'homme retroussait ses manches, écartait de force les mâchoires du récalcitrant et lui fourrait les comprimés dans la gorge. Il fallait prendre le remède prescrit, qu'on le veuille ou non. Quand Huttunen demanda pourquoi on ne lui donnait pas de médicaments, l'infirmier grogna hargneusement :

« Le médecin fera l'ordonnance lundi. Tiens-toi tranquille si tu ne veux pas qu'on te traîne chez les agités. »

Huttunen demanda à quoi ressemblait le quartier des agités.

« C'est agité. Comme ça! »

L'infirmier brandit son poing velu sous le nez du meunier. Ce dernier recula la tête hors de portée. Il détestait cet homme désagréable et violent, qui avait coutume, le soir, de secouer et malmener les patients qui ne se glissaient pas dans leur lit dès qu'il en donnait l'ordre. Huttunen se dit que dès qu'il aurait parlé au médecin, lundi, et qu'il pourrait quitter l'établissement, il transformerait cette brute d'infirmier en serpillière et balaierait avec le couloir de l'hôpital, en guise d'adieu. Mais jusque-là, il valait mieux se retenir.

Le lundi, Huttunen fut présenté au médecin.

C'était un barbu à l'air malpropre, qui avait la manie d'ôter sans arrêt ses lunettes de son nez puis de les remettre en place. De temps en temps, il tirait de sa poche un mouchoir sale avec lequel il frottait soigneusement ses verres, soufflant de la vapeur dessus et les séchant pendant des éternités. Huttunen en conclut que le médecin de l'établissement était nerveux, négligent, et d'une imbécillité criante.

Le meunier commença à parler de sa sortie. Le docteur feuilleta les papiers posés devant lui et dit sévèrement :

« Mais on vient à peine de vous amener. On ne sort pas d'ici comme ça.

— C'est qu'en réalité je ne suis pas fou, essaya d'expliquer Huttunen de sa voix la plus normale.

— Bien sûr que non. Qui donc serait fou dans cette maison ? Je suis le seul ici à avoir l'esprit dérangé, c'est bien connu. »

Huttunen raconta qu'il était meunier. On avait absolument besoin de lui aux rapides de la Bouche. Il fallait restaurer le moulin pendant l'été pour qu'il soit en état de marche à l'automne.

Le médecin demanda pourquoi le moulin devait précisément être réparé pour l'automne.

« Voyez-vous, la moisson se fait à l'automne, en Finlande. C'est à cette époque que les fermiers apportent leur grain à moudre au moulin. »

La réponse du meunier amusa le docteur. Il enleva ses lunettes, entreprit de les nettoyer, sourit d'un air entendu. Après avoir rechaussé ses verres, il déclara presque méchamment :

« Mettons-nous bien d'accord. Il n'est plus question de mouliner. »

Le médecin demanda à Huttunen s'il avait pris part aux guerres. La réponse ayant été positive, une lueur avertie s'alluma dans ses yeux. Il demanda dans quelle région le patient s'était battu. Huttunen expliqua qu'il se trouvait dans l'isthme de Carélie pendant la guerre d'Hiver et au nord du Ladoga pendant la dernière guerre.

« Sur le front ?

— Oui... les hommes comme moi étaient tous sur le front.

— Ça a été dur ?

— Par moments. »

Le docteur inscrivit quelque chose dans son carnet. Il marmonna comme pour lui-même :

« Psychose de guerre... je m'en doutais un peu. »

Huttunen essaya de protester — il déclara qu'il n'avait eu aucun problème avec ses nerfs pendant la guerre, et guère plus maintenant. Mais le médecin lui fit signe de se retirer. Comme Huttunen s'obstinait à parler de quitter l'établissement, le médecin leva le nez de ses papiers et expliqua :

« Ces cas de psychose de guerre sont sérieux... surtout quand ils se déclarent autant d'années après les combats proprement dits. Vous avez absolument besoin d'un traitement de longue haleine. Soyez tout à fait tranquille, nous ferons de vous un homme. »

Des infirmiers raccompagnèrent Huttunen dans ses quartiers. La porte claqua dans son dos avec fracas.

Le meunier, fatigué, s'assit sur son lit. Il se dit que sa vie était maintenant dans une impasse totale : il était prisonnier de cet établissement inhumain, à la merci des décisions arbitraires d'un médecin stupide, condamné à la sinistre compagnie de ses malheureux compagnons de chambre. Peut-être resterait-il détenu des années dans cette maison ? Peut-être mourrait-il entre ces murs de pierre ? Il aurait dorénavant pour seule distraction une femme de ménage jacassière et un infirmier brutal jouant du poing. Le cours de la journée serait entrecoupé de visites surveillées aux cabinets et à la porcherie qui servait de salle à manger. Avec un lourd soupir, Huttunen s'étendit sur son lit et ferma les yeux. Mais le sommeil ne vint pas. La tête le serrait, il avait envie de hurler, mais comment s'y résoudre devant tous ces gens.

Quelque temps après, Huttunen tressaillit; l'occupant du lit près de la porte s'était approché de lui sur la pointe des pieds.

« Psst, fais comme si de rien n'était. »

Huttunen ouvrit les yeux et regarda l'homme d'un air interrogateur.

« Je ne suis pas fou, mais ces types ne le savent pas.

94

Allons bavarder un peu près de la fenêtre. Vas-y le premier, je te rejoins dans un moment. »

Huttunen alla sous la fenêtre de la chambre d'hôpital. Peu après, son mystérieux compagnon se glissa près de lui. Il regarda dehors, on aurait dit qu'il se parlait à lui-même.

« Comme je te l'ai dit, je ne suis pas du tout fou. Et je crois que tu n'es pas plus fou que moi. »

13

L'homme avait la quarantaine, un large visage, l'air bien portant. Il parlait d'un ton calme et affable.

« J' m'appelle Happola. Mais il vaut mieux ne pas se serrer la main, des fois que ces fous nous voient. »

Huttunen raconta qu'il était encore quelques jours plus tôt un meunier tout à fait ordinaire. Il dit qu'il avait essayé de parler au médecin de l'hôpital pour pouvoir retourner à son moulin, mais le docteur avait refusé de le libérer.

« Je suis dans l'immobilier. Mais la guerre a embrouillé mon business quand j'ai dû venir ici. C'est assez compliqué de s'occuper de ses affaires, d'ici. Tout marcherait mieux si j'étais libre de mes mouvements. Mais dès que j'aurai fait mes dix ans dans cet établissement, j'arrête de jouer les fous. J'ai une maison à Heinäpää, je vais peut-être y ouvrir une boutique ou un atelier. »

L'homme expliqua que, pour le moment, sa maison était louée et son compte en banque bien garni. Lui-même n'avait aucun frais dans cet hôpital.

Happola raconta qu'il avait construit une grande

maison dans le quartier de Heinäpää, à Oulu, en 1938. À l'époque déjà, il avait pris une demi-dizaine de familles de locataires. Puis la guerre avait éclaté et Happola avait été envoyé au front. Il avait skié du côté de Suomussalmi pendant toute la guerre d'Hiver.

« C'était une époque dangereuse. Beaucoup d'hommes de ma compagnie sont tombés. C'est là que j'ai décidé que si la guerre s'arrêtait un jour, je n'irais pas une deuxième fois au front. »

Pendant la trêve, Happola avait installé de nouveaux locataires dans sa maison à la place de ceux qui étaient morts. Les affaires avaient bien marché, Happola avait même envisagé de prendre femme. Mais à l'approche du printemps, des soldats allemands avaient commencé à circuler à Oulu, et plus le printemps avançait, plus le monde avait l'air martial. Happola s'était mis à réfléchir au moyen d'éviter l'armée si la guerre se rallumait.

« J'ai commencé à boiter et je me suis plaint d'avoir la vue basse. Mais le médecin ne m'a pas signé de certificat de maladie. Quelqu'un lui avait rapporté que j'étais en pleine forme. Évidemment, je ne pensais pas partout et à chaque instant à clopiner et à plisser les yeux. »

Happola n'avait pas été versé dans la territoriale. La situation s'annonçait mal, le nez fin de l'homme d'affaires sentait le vent de la guerre.

« C'est là que j'ai eu l'idée de jouer les fous. Au début, les gens ont ri, se sont moqués de moi. Mais je n'ai pas cédé, je savais une chose – je n'irais pas à la guerre. Ça a été dur. Jouer les fous n'est pas à la portée de n'importe qui. Il faut réfléchir et avoir de la suite dans les idées pour qu'on vous croie. »

Huttunen, intéressé, demanda :

« Quel genre de folie simulais-tu ? T'es-tu mis à hurler ?

– Les fous ne hurlent quand même pas... J'ai commencé à tenir des propos sans queue ni tête. Je voulais que les gens me croient paranoïaque. J'ai accusé les voisins de vouloir brûler ma maison. J'ai expliqué qu'on avait essayé de m'asphyxier vif dans le garage. Je soupçonnais les médecins de vouloir m'empoisonner s'ils me proposaient des médicaments. J'ai même écrit aux journaux. Quelle mélasse! Je dénonçais les gens. J'ai été dire à la police, à propos d'un directeur de banque, qu'il avait essayé de me pousser à la faillite. Il n'en fallait pas plus pour qu'on m'amène ici ventre à terre. Il était juste temps, une semaine plus tard Hitler attaquait la Russie, et quelques jours plus tard les Finlandais fonçaient dans la même direction. Mais ma gamelle à moi ne brinquebalait pas dans mon barda! »

Happola avait passé toute la guerre à l'asile. On l'avait vite considéré comme un cas désespéré. Pendant les années de guerre, il avait grossi de six kilos.

« De ce côté-là, on était bien ici, mais le temps se faisait long au mileu de tous ces fous. »

Quand la Finlande s'était retirée de la guerre et avait signé l'armistice, Happola avait donné des signes de guérison. Mais la guerre de Laponie avait ensuite éclaté et la maladie avait repris le dessus. Ce n'était qu'avec l'effondrement de l'Allemagne que Happola avait recouvré la raison. Il avait demandé à retourner dans le civil comme les autres hommes.

« Ils ne m'ont pas laissé sortir, merde! Les médecins

m'ont tapoté l'épaule et m'ont dit Happola, Happola on se calme. »

Happola avait mis la maison au nom de sa sœur, craignant que l'État ne s'empare de ses biens pendant qu'il était sous tutelle.

L'homme était amer. Il avait toujours été un natif d'Oulu sain d'esprit, mais plus personne ne le croyait.

« Pourquoi ne t'échappes-tu pas ? demanda Huttunen.

– Où irais-je ? On ne peut pas se cacher quand on est dans l'immobilier. Je suis obligé d'habiter Oulu, puisque ma propriété y est. Mais attends un peu que dix ans se soient écoulés depuis la trêve. A ce moment-là, le bonhomme va droit chez le médecin-chef et lui dévoile toute l'histoire.

– Pourquoi ne vas-tu pas tout de suite raconter que tu t'es fait passer pour fou pendant tout ce temps ?

– J'y ai souvent pensé ces dernières années. Mais ce n'est pas si simple. On me laisserait bien sûr sortir de cet établissement, mais quel intérêt, puisqu'on me jetterait aussitôt en prison. En temps de guerre, vois-tu, simuler la maladie est un crime, et il n'y a prescription qu'au bout de dix ans. »

Huttunen admit qu'il était sage d'attendre que le délit d'insanité soit prescrit. Ce serait rude de passer directement de l'asile à la prison.

« Et comment donc as-tu fait marcher tes affaires d'ici ? Il y a des barreaux aux fenêtres et les portes sont verrouillées.

– J'ai mes propres clefs, je les ai achetées il y a quelques années à un infirmier. C'est quand même gênant de ne pouvoir aller en ville qu'au milieu de la nuit. Il est rare qu'on arrive à se faufiler d'ici en plein jour sans que personne s'en aperçoive. Une ou deux fois par an, je suis obligé d'aller en ville de jour pour réclamer des loyers en retard, mais sinon j'expédie les affaires courantes de nuit. C'est un dur métier de s'occuper d'un immeuble, surtout quand on vous croit fou.

– Ne t'en fais pas. Moi aussi, ils me croient fou, le consola Huttunen.

– Tu dois quand même bien être un peu dérangé. Alors que moi, j'ai dû jouer les fous pendant près de dix ans. Les autres ont passé cinq ans à la guerre, mais moi j'en ai pris pour près du double. Ça a été dur. »

Happola médita un instant sur ses malheurs, mais revint bientôt aux côtés les plus enviables de son sort.

« Il y a quand même une bonne chose, c'est que l'argent s'accumule à la banque. Comme ici on est entretenu gratuitement. Je serai un homme relativement à l'aise quand je sortirai. »

Happola proposa discrètement une cigarette à Huttunen. Il expliqua qu'il rapportait du tabac de la ville et que parfois, quand le temps lui paraissait vraiment long, il buvait une bouteille d'alcool sous la couverture de la chambre d'hôpital.

« Pour les femmes, ce n'est pas la peine d'essayer d'en traîner ici, on se fait tout de suite prendre. Et celles d'ici sont suffisamment folles pour qu'on ne se risque pas à les exciter. »

Ils fumèrent en silence. Huttunen songeait au destin de Happola. Il semblait impossible d'échapper à cet établissement, que le patient fût venu de son plein gré ou de force.

Happola fit jurer à Huttunen qu'il ne révélerait son

100

secret à personne. Huttunen s'inquiéta de savoir si les locataires ne dénonçaient pas leur propriétaire quand il venait encaisser son dû.

« Ils n'ont pas intérêt à moucharder. S'ils ouvrent la bouche, je les jette à la rue. Heureusement que la pénurie de logements est assez grave à Oulu pour que ces pouilleux n'aient pas les moyens d'ouvrir leur gueule. Le loyer doit être payé ponctuellement, que le propriétaire soit fou ou pas. »

14

La Saint-Jean à l'asile d'Oulu ne rappelait en rien la joyeuse fête de la lumière du cœur de l'été. Du côté des agités on ne dormit certes pas de la nuit, criant et chahutant, mais ce n'était pas en l'honneur du solstice, c'était la routine quotidienne. Happola expliqua que l'asile n'avait pas pour habitude de réagir aux jours de fête. Ce n'était qu'à Noël que l'établissement s'attendrissait au point de laisser entrer jusque dans les quartiers les plus fermés un petit groupe de pentecôtistes venus psalmodier leurs chants les plus tristes. D'après Happola, l'ambiance avait toujours été assez accablante, car la chorale avait si peur des malades enfermés qu'elle expédiait les cantiques à toute allure et, pour plus de sûreté, sur un ton menaçant.

« Mais on n'est pas ici pour faire la fête », constata-t-il d'un ton sarcastique.

Pendant la semaine qui suivit la Saint-Jean, Huttunen fut appelé au secrétariat de l'hôpital. Deux infirmiers le conduisirent dans le bureau du médecin.

Le docteur était plongé dans le dossier de Huttunen. Il tripota ses lunettes avec son efficacité habituelle, invita le patient à s'asseoir. Il lança aux infirmiers :

« Installez-vous près de la porte, au cas où. »

Le médecin annonça à Huttunen qu'il avait étudié son dossier médical ainsi que le rapport rédigé par le Dr Ervinen, du service communal de santé.

« Ce n'est pas brillant. Comme je l'ai constaté la dernière fois, vous êtes apparemment atteint d'une grave psychose de guerre. J'ai été médecin major pendant la guerre. Je connais bien ce genre de cas. »

Huttunen protesta. Il dit qu'il ne souffrait de rien et qu'il exigeait de quitter l'hôpital. Le médecin ne prit pas la peine de répondre aux remarques du patient, préférant feuilleter la *Revue de médecine militaire.* Huttunen vit que le numéro datait de 1941. Le docteur l'ouvrit à l'article « Des psychoses et névroses de guerre pendant la guerre et après la guerre. »

« Ne lorgnez pas. Ça ne vous regarde pas », grogna-t-il en nettoyant ses lunettes. « Ces problèmes ont été scientifiquement étudiés. On dit ici que dans les années 1916-1918, le tiers de l'armée anglaise qui se battait dans les bourbiers des Flandres était définitivement inapte à combattre sur le front en raison de psychoses et de névroses. Les psychoses et les névroses de guerre ont ceci de particulier qu'elles se développent très facilement chez les sujets ayant une faiblesse constitutionnelle et qu'une fois apparues, elles ont tendance à resurgir sous la pression d'événements extérieurs de plus en

plus futiles. On note aussi ici que, dans l'armée finlandaise, il y a eu dans les classes d'âge des années
1920-1939 près de 13 000 à 16 000 faibles d'esprit,
dont la majorité a vraisemblablement pris part à la
guerre. »

Le médecin leva le nez et fixa Huttunen droit
dans les yeux par-dessus la table.

« Vous avez reconnu la dernière fois que vous
aviez participé à nos deux guerres. »

Huttunen hocha la tête mais nota qu'il ne voyait
pas en quoi cela prouvait qu'il était un malade mental.

« Il y en avait d'autres que moi, là-bas. »

Le docteur tira de l'article d'autres renseignements pour son patient. Les infirmiers allumèrent
des cigarettes pour passer le temps. Huttunen aussi
aurait aimé fumer, mais il savait que les malades
n'avaient pas le droit de tirer la moindre bouffée.

« Le débile est conduit, à la guerre, par un instinct
primitif de survie... le dépassement de soi et l'esprit
de sacrifice, qui régnaient dans notre armée, n'ont
pas de prise sur lui et il tente au contraire de se
soustraire par tous les moyens aux difficultés et aux
expériences désagréables. Le cas de Sven Dufva *,
dans Runeberg, est sans doute une exception raris-
sime. »

Le médecin jeta à Huttunen un regard dégoûté.
Puis il parcourut le reste de l'article, lut à mi-voix
quelques passages soulignés et poursuivit ensuite
tout haut :

* Héros de l'un des *Récits de l'enseigne Stål* de Runeberg, grand
poète finlandais de langue suédoise (1804-1877) *(N.d.T.)*.

« La réaction se manifeste chez le débile par un état de confusion caractérisé par un babil infantile et des troubles de la perception. Le débile, dans ce cas, se souille souvent, barbouille les murs de sa chambre d'excréments, les mange, etc. »

Le docteur se tourna vers les infirmiers qui bavardaient sur le pas de la porte pour leur demander si le patient avait manifesté les symptômes en question. Le plus âgé des infirmiers écrasa sa cigarette dans le pot de fleurs posé sur l'appui de fenêtre et annonça :

« A ma connaissance, il n'a en tout cas pas encore mangé de merde. »

Huttunen protesta vigoureusement. C'était une honte de l'accuser de pareilles dégoûtations. Il se leva de sa chaise, indigné, mais les deux infirmiers se dressèrent aussitôt et Huttunen, ravalant sa bile, se rassit. Le plus jeune des garde-malades nota au passage :

« Si tu commences à faire du foin, il vaut mieux qu'on te flanque sous clef, n'est-ce pas, docteur ? »

Le médecin fit un signe de tête aux infirmiers. Il regarda sévèrement Huttunen.

« Essayez donc de vous calmer. Je vois bien que vos nerfs sont en mauvais état. »

Huttunen se dit que s'il était libre, il réduirait ces trois idiots en une seule bouillie. Le médecin continua à citer l'article, plus pour lui-même que pour les infirmiers ou le patient.

« Les réactions de choc qui apparaissent dans le contexte de violentes expériences psychologiques, après l'éclatement de bombes et de grenades lourdes, dans l'ensevelissement sous des ruines et dans les combats corps à corps où l'effort physique s'ajoute à un danger de mort immédiat, se manifestent souvent par des symptômes tant physiques que psychiques. On notera parmi les symptômes physiques des troubles de la vue ou de l'audition, une adynamie et des paralysies psychogènes... les symptômes psychiques sont l'égarement, le blocage et l'amnésie, qui peuvent induire une confusion mentale totale. La psychose de choc se dissipe dans la plupart des cas rapidement, laissant pendant un certain temps une forte fatigue, des insomnies et une tendance aux terreurs nocturnes. Pour beaucoup, cependant, la psychose de choc ouvre la voie à un mode de réaction sensé qui apparaît *ultérieurement* à l'occasion de circonstances difficiles. »

Le médecin interrompit sa lecture. Il étudia attentivement Huttunen et murmura à moitié pour lui-même :

« Est-ce qu'un moulin ne vrombit pas un peu comme un bombardier ?

— Ça ne fait quand même pas autant de bruit, rétorqua Huttunen exaspéré. Je ne me suis pas retrouvé une seule fois sous des ruines, docteur, si c'est ce que vous voulez dire. »

Le médecin dit pesamment :

« Les psychoses de choc sont souvent liées à une commotion cérébrale due à la pression atmosphérique, dont la guérison exige un temps remarquablement long. Il peut même rester des séquelles permanentes. Quiconque a connu une telle réaction est généralement inapte à servir en première ligne, comme à occuper des postes de responsabilité. Le métier de meunier n'est-il pas lourd de responsabilités ? J'imagine que l'on doit s'y occuper aussi bien du grain que du fonctionnement de toute l'installation. »

Huttunen marmonna que le métier de meunier n'était pas plus exigeant que n'importe quel travail en général. Le médecin ne lui accorda aucune attention particulière et lut encore un passage souligné de l'article.

« Il arrive relativement souvent qu'une personne ayant subi une réaction de choc et parfaitement guérie connaisse après avoir été libérée de l'armée des difficultés économiques ou d'autres contrariétés et y réagisse par une névrose. Il faut alors considérer que cette nouvelle poussée névrotique est due à sa faiblesse constitutionnelle et à de nouvelles circonstances indépendantes du service militaire. »

Le médecin mit la revue de côté.

« Mon diagnostic est clair. Vous êtes un malade mental, un maniaco-dépressif dont le profil clinique comporte aussi une fragilité des nerfs et une neurasthénie. Tout cela vient d'une psychose de guerre. »

Le médecin s'interrompit pour nettoyer ses lunettes.

« Mais je vous comprends. Vous avez certainement eu des moments très durs. On dit dans ces papiers que vous aviez coutume de hurler, surtout l'hiver et la nuit. Et puis vous personnifiez des animaux... il faut encore que nous tirions cela au clair, en particulier cette tendance à hurler. Je n'ai pas rencontré beaucoup de patients, au cours de ma carrière, qui fussent aussi fortement enclins à hurler. La plupart se contentent de pleurnicher et de geindre. »

107

Le docteur demanda aux infirmiers si le malade avait hurlé depuis qu'il était à l'hôpital.

« On l'a en tout cas pas encore entendu. Mais on viendra tout de suite vous le dire s'il s'y met.

— Laissez-le plutôt hurler. Ce n'est pas le bruit qui manque ici. »

Se tournant vers Huttunen, le médecin remarqua :

« Comme vous venez de l'entendre, vous avez la permission spéciale de hurler ici. Je souhaiterais cependant que vous évitiez de le faire la nuit. Cela pourrait déclencher une certaine agitation chez les autres patients. »

Huttunen dit amèrement :

« C'est que je ne hurle pas ici.

— Vous pouvez tout à fait librement donner de la voix. Je fais partie de l'école qui pense que l'on peut tirer beaucoup de conclusions sur l'état du patient en écoutant les sons qu'il émet.

— Je ne hurle pas. Je n'en ai pas envie. »

Le médecin essaya de le fléchir.

« Ne pourriez-vous vraiment pas pousser un petit hurlement, là, juste pour voir ? Ce serait intéressant d'entendre comment vous hurlez quand vous êtes d'humeur à cela. »

Huttunen fit tranquillement valoir qu'il n'était pas mentalement dérangé, tout au plus un peu bizarre. Par les temps qui couraient, on voyait d'ailleurs un peu partout des gens bien plus curieux. Le médecin avait repris l'astiquage de ses lunettes. Contrarié, Huttunen ajouta :

« A mon avis, ces lorgnons commencent à être propres. Vous avez vraiment besoin de les frotter tout le temps ? »

Le docteur remit rapidement ses lunettes sur son nez.

« Ce n'est qu'une innocente manie, un comportement répétitif, ne comprenez-vous donc pas ! »

Il fit signe aux infirmiers d'évacuer le patient de la pièce. Ils saisirent Huttunen par les deux bras et le traînèrent dans le couloir, lui bottant le bas du dos pour le faire avancer plus vite. Dans la chambre, ils le contraignirent à s'étendre sur son lit. La porte claqua et la clef tourna furieusement dans la serrure.

15

Ces jours-là, Huttunen comprit qu'on ne le laisserait pas quitter l'asile, ni alors ni peut-être jamais. Il essaya encore de parler au médecin, mais ce dernier refusa de le recevoir et lui prescrivit des médicaments que le gros infirmier lui fit avaler de force.

Huttunen songeait à son moulin rouge des rapides de la Bouche, se remémorant la conseillère horticole Sanelma Käyrämö et le bel été qu'il ne voyait plus qu'à travers les barreaux de la fenêtre. Il se sentait affreusement mal. Il essaya de parler avec ses compagnons, mais ces débiles ne comprenaient pas ce qu'il leur disait; ce n'était qu'avec Happola que Huttunen pouvait de temps en temps chuchoter en secret.

Quelques jours passèrent. L'angoisse de Huttunen s'intensifia. Il restait allongé toute la journée sur son lit, solitaire, méditant sur son sort devenu misérable. Il mesurait du regard les barreaux de la fenêtre : ils l'isolaient du monde, froidement et sûrement. On ne les ferait pas plier de main d'homme, et la porte était verrouillée. Huttunen essaya de voir si on pouvait s'évader par la salle à manger, mais plusieurs infirmiers musculeux surveillaient constamment les lieux. Il n'y avait aucune chance. Huttunen imagina que, dans le pire des cas, il ne sortirait pas debout de cet établissement. Il ne le quitterait que mort, pour la morgue où un pathologiste débiterait son cadavre à la hache, en morceaux d'une taille appropriée à la recherche médicale.

Parfois, la nuit, Huttunen était saisi d'une angoisse et d'une horreur telles qu'il devait se lever et arpenter la chambre claire-obscure pendant des heures, allant et venant comme un animal dans un zoo. Huttunen se sentait comme un prisonnier sans crime, condamné sans jugement. Il n'avait rien – pas de droits, pas d'obligations, pas de choix. Il n'avait que ses propres pensées, sa soif sauvage de liberté qu'il n'avait aucun moyen d'apaiser. Huttunen se sentait devenir fou dans cette chambre, cerné par des déficients mentaux apathiques.

Un jour, le jeune maigrichon qui grimaçait sans arrêt entreprit de raconter sa vie à Huttunen. Son récit était tellement embrouillé qu'il eut beaucoup de mal à le suivre.

L'histoire était épouvantable. Le malheureux garçon était le fils d'une fille-mère faible d'esprit. Il avait connu la faim et les mauvais traitements aussi loin qu'il s'en souvînt. Quand sa mère, pour on ne sait quelle raison, avait été conduite en prison, le garçon avait été placé à l'encan dans une famille d'ivrognes où il avait dû travailler durement, au service d'un patron buveur et de valets de ferme abrutis, et, comme il était déjà chétif, il avait dû supporter, en prime des humiliations, les pires moqueries. On ne l'avait pas laissé aller à l'école, ni même à l'hôpital malgré une dysenterie, une fièvre typhoïde et au moins deux pneumonies. Quand ensuite à l'âge de quinze ans il avait volé un morceau de lard dans le garde-manger, le fermier l'avait traîné en justice et le garçon s'était retrouvé en prison. En cellule, il avait été battu pendant près d'un an par un immonde assassin récidiviste. Quand il était enfin sorti de prison, il s'était caché tout l'été dans des granges isolées, se nourrissant principalement de baies, d'œufs de fourmi et de grenouilles. A l'automne, on avait rentré du foin dans les granges et le garçon s'était fait prendre. On ne l'avait pas remis en prison, mais on l'avait amené ici. Depuis, tout allait relativement bien.

Le maigrichon pleurait. Huttunen essaya de le consoler mais le jeune homme ne pouvait retenir ses larmes. Huttunen se sentit encore plus triste qu'avant. Il se demanda comment la vie pouvait être aussi terriblement pénible.

Le maigriot oublia bientôt toute l'histoire, retourna s'asseoir sur son lit; des expressions joyeuses, incertaines et craintives alternaient sur son visage. Huttunen tira sa couverture sur sa figure et se dit qu'il devenait vraiment fou.

Les deux nuits suivantes, Huttunen ne dormit pas du tout. Il ne mangea pas de la journée, ne quitta pas son lit. Quand Happola, le soir, lui proposa furtivement une cigarette, le meunier se tourna vers le mur. Que diable ferait-il d'une cigarette alors qu'il ne trouvait pas le sommeil et que la nourriture lui donnait envie de vomir.

Pendant la nuit, Huttunen marcha encore dans la

chambre. Les autres malades dormaient, ronflaient. Les sombres bonshommes du fond pétaient de temps en temps. Le maigriot gémissait doucement, pleurant, le pauvre, dans son sommeil. Huttunen avait mal à la tête, les tempes serrées. Sa gorge était sèche, son esprit totalement englué.

Il commença à geindre tout bas. Sa voix s'échappait de son gosier, plaintive, étouffée; elle monta un peu, et soudain Huttunen poussa de toutes ses forces un hurlement si puissant que tous les occupants de la chambre volèrent de leur lit et se tapirent contre le mur du fond.

Huttunen hurlait à pleins poumons, hurlait toute sa douleur, sa soif de liberté, sa solitude et son angoisse. Les murs de pierre de la chambre semblaient se fissurer sous la violence du cri, les lits de fer vibrer sous la puissance de la voix. La lampe du plafond trembla, puis s'alluma. Trois infirmiers se ruèrent dans la pièce et guidèrent Huttunen vers son lit. Le sommier grinça quand les hommes s'assirent sur le dos du meunier pour le réduire au silence.

Quand les infirmiers furent partis et que la lumière se fut éteinte, Happola vint au chevet de Huttunen et murmura :

« Nom de Dieu, ce que j'ai eu peur. »

Fatigué, Huttunen répondit :

« Je ne tiendrai pas plus longtemps ici. Prête-moi cette clef, je m'en vais. »

Happola comprenait Huttunen. Il fit cependant remarquer que s'enfuir ne servait pas à grand-chose : l'hôpital le ferait vite ramener. Mais Huttunen maintint sa décision.

« Si je ne sors pas bientôt d'ici, j'y laisserai la raison. »

Happola acquiesça. Il savait bien comme il était pénible de rester enfermé à l'hôpital quand on voulait en sortir.

Ils conclurent l'affaire cette nuit-là. Ses instincts d'homme d'affaires ne permettaient pas à Happola d'organiser la fuite sans compensation. Il annonça que cela coûterait six sacs de farine d'orge. Huttunen estima que la taxe était honnête.

« Expédie-moi les sacs à la gare d'Oulu dès que tes affaires commenceront à rouler, expliqua Happola. Ce n'est pas pressé, mais ce qui est dû est dû. Moi aussi, j'ai dû payer pour ces clefs, dans le temps. Et d'ailleurs, je n'ai jamais fait sortir personne d'ici gratuitement. »

Happola raconta que, trois ans plus tôt, il avait aidé à s'enfuir une débile qui, sa liberté retrouvée, était devenue la putain la plus demandée de toute la côte du golfe de Botnie.

« Elle était très jolie. Un peu agitée, peut-être. Maintenant, elle habite Oulu mais travaille à Raahe et Kokkola, et même jusqu'à Pori. J'ai tiré un bon prix de cette clef. Alors n'oublie pas de m'expédier la farine. »

Quelques jours plus tard, Happola eut à faire en ville. Huttunen en profiterait pour fuir l'hôpital dans la nuit.

Quand l'asile eut sombré dans le sommeil, Happola ouvrit avec sa clef la porte de la chambre. Sans bruit, les hommes se glissèrent dans les couloirs silencieux de la grande maison jusque dans la cuisine et la buanderie attenante. Dans la resserre de la laverie, ils trouvèrent les vêtements civils de Huttunen, rangés dans un carton parmi les affaires de tous les autres patients. La boîte de Huttunen était sur le dessus de la première rangée, le meunier était après tout l'un des derniers arrivés à l'hôpital. Il endossa ses habits, serra son ceinturon et vérifia sa bourse. On lui avait pris de l'argent mais, curieusement, pas tout. Huttunen plia dans le carton vide le costume, le calot et les savates de l'hôpital, puis le remit en place.

« Tu ne te changes pas, s'étonna Huttunen devant son camarade qui déambulait en pyjama dans le couloir.

– En été, ça suffit bien. Si je dois aller en ville dans la journée, c'est autre chose. J'ai un costard à la mode dans le placard de la buanderie, mais ce n'est pas la peine de le mettre pour ces virées de nuit. Il y perdrait ses plis pour rien. »

Les hommes sortirent par une porte latérale dans le gravier crissant du jardin. Ils montèrent sur une colline plantée de pins au sommet de laquelle se dressait un vieux château d'eau de brique rouge. Huttunen se retourna. La sombre et imposante bâtisse de l'asile reposait dans le vallon. Pas une lumière ne brillait aux fenêtres, personne ne poursuivait les fugitifs. S'échapper de cette maison des horreurs avait été incroyablement facile.

De la fenêtre en pignon du quartier des femmes sourdait un gémissement monotone. Une patiente agitée se lamentait.

Huttunen frissonna en entendant la plainte inconsolable. Il eut envie de hurler lui aussi, de répondre à sa manière à la malheureuse que des souffrances inconnues poussaient à geindre si pitoyablement.

Huttunen allait lancer vers le ciel un hurlement retentissant, quand Happola remarqua à voix basse :

« Liisa Kastikainen. Elle donne de la voix depuis bientôt trois ans. Trois ans exactement à l'automne, je me rappelle encore quand on l'a amenée. Elle était ficelée dans des couvertures. Au début, ils ont essayé de lui mettre un bâillon de bois, mais le chef de service l'a interdit quand elle y a laissé ses dents. »

Au pied du château d'eau, une rue conduisait à la ville. Dans la pénombre estivale de la nuit, les hommes prirent en silence le chemin d'Oulu, la Ville blanche du Nord.

16

À Heinäpää, ils trouvèrent la maison de bois à un étage de Happola. La peinture s'était écaillée pendant les années de guerre, mais le reste était en assez bon état. Le chien de la cour, qui avait reconnu Happola, agita également la queue à l'intention de Huttunen. Happola choisit une clef à son trousseau. Sur les marches, il s'exclama :

« Qu'en dis-tu ? Pour quelqu'un qu'on croit fou à se cogner la tête aux murs, j'ai de beaux murs! La maison est libre de dettes, et j'ai de l'argent à la banque. Je pourrais me payer cash une voiture neuve si seulement j'avais le permis. J'ai même demandé l'autorisation d'importer une auto à mes frais, mais l'administration m'a répondu que j'étais fou. »

Il y avait plusieurs portes au pied de l'escalier. Chacune portait un nom différent.

« Mes locataires... et j'en ai d'autres au premier. »

Happola ouvrit une porte. Dans la chambre, il y avait deux lits, une table et quelques chaises. Une femme entre deux âges dormait dans l'un des lits. Elle demanda, ensommeillée :

« C'est vous... il faut encore que j'y passe ?

— Pas la peine de te déshabiller. J'ai juste amené un copain pour un moment. Fais-lui à manger demain matin, mais sans ça fiche-lui la paix. »

La femme se recoucha et s'endormit rapidement. Happola se mit à faire des projets d'avenir pour Huttunen.

« Si j'étais toi, je vendrais ce moulin et je partirais en Amérique. S'ils ne veulent pas de toi aux U.S.A., file en Espagne. Un major que je connais s'y est installé juste après les guerres et s'y plaît paraît-il beaucoup. Il gagne sa vie en cultivant des œillets... Tu as beaucoup de terres autour de ton moulin ?

— Il n'y a pas que quelques hectares, mais le moulin est en bon état et il y a une scie à bardeaux presque neuve. J'ai même eu le temps de le repeindre avant qu'ils me prennent. C'est un moulin à deux meules, une à farine et une à gruau. Il suffit de le mettre en route. Le canal d'amenée à été complètement refait dans le haut et réparé dans le bas. On peut moudre avec pendant des années sans réfection », assura Huttunen.

Happola passa quelques coups de téléphone aux quatre coins de la province. Il offrit le moulin de Huttunen à la vente, mais ne trouva pas d'acheteurs.

« C'est assez difficile de traiter des affaires au milieu de la nuit. Les professionnels de l'immobilier ont l'air de dormir. Il faudra que je vienne après-demain dans la journée donner d'autres coups de fil. Je connais un directeur, à Kajaani, qui pourrait être intéressé. Mais il faut que j'y aille, maintenant. Je dois être entre mes draps demain matin, quand ils découvriront que tu t'es sauvé. »

118

Happola offrit à Huttunen une cigarette d'adieu et se faufila silencieusement dehors.

Le meunier regarda la pièce : du papier sale aux murs, quelques tapis en lirette, un poêle d'angle. Ce dernier fumait, cela se voyait aux traces de suie au-dessus de sa porte. Sur la table de nuit, il y avait des bigoudis et un dentier dans un verre d'eau.

Huttunen se déshabilla et alla dormir dans le second lit. Puis il se releva pour éteindre la lumière. Il avait envie de pisser, mais n'osa pas réveiller la femme pour lui demander où étaient les cabinets. Bien que mal à l'aise, il dormit jusqu'au matin.

Huttunen fut réveillé par un bruit de chasse d'eau. Aussitôt, son besoin se trouva multiplié. La lumière était allumée mais la femme n'était pas dans la pièce. Huttunen s'habilla et resta impatiemment à attendre qu'elle sorte des cabinets. Quand elle revint, il se précipita dans les lieux si vite qu'il n'eut pas le temps de dire bonjour.

La femme fit du café, qu'elle servit avec des tartines et des petits pains aux raisins. Huttunen raconta qu'il s'était enfui de l'asile de fous.

« Moi aussi, Happola m'en a fait sortir. Depuis, il ne me laisse pas en paix. Il vient se faire cajoler deux fois par semaine. »

La femme avait peigné ses cheveux, peint ses lèvres et mis des boucles à ses oreilles. Elle portait une jupe rouge moulante et un chemisier ruché blanc. Sa silhouette était douce et dodue. La femme expliqua que, pour gagner sa vie, elle avait dû se prostituer. Happola avait demandé un prix si élevé pour les clefs et le logement. Sinon, elle se serait retrouvée à l'asile.

« Mais mieux vaut être putain et libre qu'enfermée chez les fous. Il sera bien temps d'y retourner quand plus personne ne voudra de moi. Je suis encore suffisamment folle. »

Huttunen remercia pour le café et se leva pour partir. La femme s'étonna.

« T'as l'intention de partir sans baiser, maintenant que tu sais ce que je suis ? »

Dérouté, Huttunen fit une courbette sur le pas de la porte et se jeta dehors. Une fois sorti, il fut envahi par le souvenir de la conseillère horticole Sanelma Käyrämö : la fraîcheur de la moustiquaire et le foin odorant dans la quiétude de l'île aux Aulnes, la voix suave de la femme, le léger contact de sa main et le chatouillement de ses cheveux effleurant son nez. Huttunen se dirigea vers la gare. En chemin, il acheta une carte-poste et un timbre.

Huttunen prit le train pour le Nord. Oulu, ville de sinistre mémoire dans la vie du meunier, resta derrière lui. Les ponts de Tuira passés, il sortit la carte et y marqua l'adresse de l'asile. Au dos, il écrivit :

Au docteur. Je me suis sauvé de votre maison de fous. Vous avez peut-être déjà remarqué. Je m'en vais d'ici en Suède puis en Norvège, qu'on me fiche la paix. Et puis je ne suis pas fou. Je vous laisse essuyer vos lorgnons. Huttunen.

À Kemi, Huttunen jeta la carte dans la boîte aux lettres de la gare. Il sourit en pensant qu'on le chercherait maintenant en Suède et en Norvège. Avant le départ du train, il acheta encore au buffet de la gare une dizaine d'œufs durs.

120

À la gare du village, Huttunen descendit du train. Il ne prit pas la route menant au centre, mais coupa directement à travers bois vers les rapides de la Bouche.

Le meunier se laissa envahir par la joie du retour : dans le soleil d'été, le beau moulin rouge se dressait à sa place. Huttunen vérifia le barrage, le canal d'amenée, la scie à bardeaux et la turbine. Tout était en état. Toute la contrée semblait fêter l'arrivée du meunier ; le ruisseau gazouillait gaiement sous le moulin, comme un joyeux compagnon.

La porte du moulin était condamnée. Huttunen la rouvrit brutalement, faisant voler dans l'herbe les clous et les planches.

Dans la pièce d'habitation, tout était en désordre. L'endroit avait été fouillé, le lit était défait, la porte du buffet arrachée, il manquait des casseroles. Le placard avait été vidé de tout ce qu'il contenait de comestible. Même le sac de pommes de terre que Huttunen avait laissé au fond de l'armoire avait disparu.

Le fusil n'était plus au mur. Le commissaire était-il venu le confisquer ou avait-il été volé ?

Il ne restait pas le moindre quignon de pain dans le placard à provisions. Huttunen, pour tromper sa faim, avala ses derniers œufs achetés à Kemi et but une louchée d'eau par-dessus.

Il inventoria ses biens et s'aperçut, furieux, qu'il lui manquait un certain nombre de choses : une malle, son costume du dimanche, son fusil, quelques outils, une marmite, un drap et une taie d'oreiller à fleurs, et tout ce qui pouvait se manger... ulcéré, Huttunen se jeta sur son lit, cherchant à deviner qui pouvait être derrière ce saccage. Soudain, il se releva d'un bond, alla droit dans l'angle de la pièce et s'agenouilla au ras du mur; il souleva la dernière latte du parquet et enfonça la main dans les profondeurs de l'isolant du plancher. La main chercha, tâta, remua en long et en large dans la sciure. Le visage du meunier se crispa, se fit de plus en plus désespéré, avant de s'illuminer enfin, jubilant. Poussant un cri, le meunier regagna d'une enjambée le centre de la pièce, tenant un livret bancaire.

Huttunen laissa échapper un hurlement grandiose, comme au bon vieux temps. Il s'effraya de sa propre voix, se glissa à la fenêtre pour voir si quelqu'un l'avait entendu. Les alentours étaient déserts, le meunier se tranquillisa. Il secoua la sciure du livret bancaire. Le solde montrait qu'il avait encore de l'argent sur son compte. A part cela, ses affaires étaient à tout point de vue dans un cul-de-sac.

Huttunen se mit à la fenêtre pour regarder son potager, qui avait commencé à verdir pendant son séjour à Oulu. On voyait que quelqu'un s'en était occupé : il n'y avait pas une seule mauvaise herbe parmi les pousses de légumes, les rangs étaient soigneusement binés et éclaircis. Il devina que la conseillère horticole Sanelma Käyrämö avait soigné ses cultures en son absence.

Ivre de bonheur, il courut dehors et examina le potager sous toutes ses coutures. Dans les allées, on voyait la trace d'un petit pied de femme.

« Bénis soient les légumes », pensa Huttunen.

17

Deux jours durant, le meunier, derrière la vitre du moulin, couva du regard sa parcelle associative. Il souhaitait ardemment que la conseillère horticole Sanelma Käyrämö descende la colline sur sa bicyclette et vienne s'affairer au milieu des légumes.

L'attente était vaine. La conseillère ne vint pas. Dépité, Huttunen songea qu'elle se montrait bien irresponsable en laissant le potager si longtemps sans soins.

Il y avait déjà un certain temps que le meunier n'avait pas fait de vrai repas. Il se souvint de l'épaisse bouillie de l'asile d'Oulu, qu'il enfournait avec répugnance. Maintenant, la seule pensée de cette triste nourriture lui mettait l'eau à la bouche. Et les œufs achetés au buffet de la gare de Kemi, donc! Huttunen aurait pu en dévorer un panier d'une traite. Il devait à présent se contenter de boire de l'eau. Comme accompagnement, il ramassa dans les fentes du plancher quelques poignées de farine de l'année passée. Mais elles ne calmèrent guère sa faim, d'autant plus qu'elles étaient si mêlées de poussière que c'en était écœurant.

Le soir du deuxième jour, la faim chassa le meunier de sa chambre. Il se glissa au rez-de-chaussée, souleva la trappe qui donnait dans le logement de la turbine et se faufila dehors. À travers bois, il se dirigea vers le magasin de Tervola. Il avait si faim qu'il voyait à peine devant lui : au bord de la rivière, dans la saulaie, des branches le frappèrent au visage, ses yeux se remplirent de larmes, il sentit une boule dans sa gorge. Ce n'était pas de la nourriture, mais une boule de tristesse affamée.

Huttunen resta un bon moment embusqué près de la boutique, cherchant à voir s'il n'y avait pas de villageois en train de faire leurs courses ou traînant alentour. Quand il fut certain que le marchand et sa famille étaient seuls dans l'établissement, il frappa à la porte de derrière. Tervola vint ouvrir. Quand il reconnut le visiteur, il essaya de refermer l'huis, mais Huttunen réussit à glisser son pied dans l'entrebâillement.

« Tu ne peux pas entrer, Nanar. La boutique est fermée. »

Huttunen demanda à parler seul à seul au marchand. À contrecœur, Tervola le fit passer du côté du magasin, laissant la porte ouverte pour que sa femme puisse les entendre. Huttunen s'assit sur des sacs de pommes de terre, prit dans un panier une bouteille de bière et commença lentement à boire. Puis il entreprit de faire au boutiquier la liste de ses achats.

« Je prendrai de la saucisse de ménage, un kilo, une livre de saindoux, autant de beurre, deux paquets de cigarettes – des Työkansa – du café, du sucre, un demi-boisseau de patates, du tabac.

– Je vends pas aux fous. »

Huttunen sortit de l'argent de sa bourse.

« Je payerai le double s'il le faut mais donne, je crève de faim.

– Je t'ai déjà dit que c'était fermé. Je ne te vendrai rien, t'aurais mieux fait de rester à Oulu. T'es un criminel en fuite. »

Tervola réfléchit un instant avant de continuer.

« On était si tranquilles quand t'étais pas là. Tout le village était content. Vaut mieux que tu partes, je ne te vendrai rien du tout. »

Huttunen remit la bouteille de bière vide dans le panier et jeta quelques pièces sur le comptoir. Puis il dit tranquillement :

« Je ne sortirai pas sans nourriture. Nom de Dieu, la dernière fois que j'ai mangé c'était jeudi à Oulu, ou mercredi. »

Secouant la tête, le marchand Tervola recula derrière son comptoir. Mais quand Huttunen fit mine d'approcher, il se hâta d'empiler des provisions sur la table. Il sortit des rayons du sucre, du café, produisit des salaisons, du lard, du beurre, alla chercher de la farine et des pommes de terre dans ses huches. Il entassa cette abondance de denrées devant Huttunen, jetant les sacs et les paquets sur le couvercle de verre du comptoir, à en faire trembler les vitrines. Sur le tas, il flanqua encore quelques paquets de tabac et dix cents d'allumettes.

« Prends! Vole! »

Huttunen offrit de l'argent mais Tervola n'en voulut pas.

« Vole, emporte! Je ne prendrai pas ton argent

mais tu peux voler. Que peut un vieil homme comme moi contre un fou pareil. »

Huttunen avait déjà commencé à ramasser ses provisions. Il reposa les paquets sur le comptoir. Il tonna contre Tervola.

« Je n'ai jamais rien volé et je ne vais pas commencer aujourd'hui. Je suis venu avec du bon argent. »

Mais le marchand ne voulait pas d'argent. Il repoussa les billets que le meunier tentait et retentait de lui fourrer dans la main.

Tervola mesura encore deux kilos de semoule de blé et un kilo de raisins secs dans des sacs, les balança sur le comptoir et aboya :

« Vole ça aussi! »

Huttunen ne put supporter plus longtemps ce traitement. Il se rua dehors par la porte principale de la boutique, qui était verrouillée. Les rivets de la serrure tintèrent sur le sol du vestibule tandis que le meunier se frayait une sortie.

Tervola s'avança sur le perron pour voir où le meunier avait couru. Il n'y avait plus personne, mais on entendait du bruit dans les bois. Le marchand conclut qu'il s'agissait de Huttunen. Il se retira dans sa boutique et remit rapidement en place tous les articles gisant sur le comptoir. Puis il regagna ses appartements privés pour téléphoner à la police.

Le marchand Tervola raconta au gardien de la paix Portimo que Huttunen s'était échappé de la maison de fous. Le fugitif était venu dans sa boutique, avait essayé d'acheter à manger de force, mais Tervola avait refusé de lui vendre quoi que ce soit.

« Il avait de l'argent, Nanar. Mais je suis resté

126

intraitable et j'ai rien voulu prendre. Il vient de filer dans les bois, alors tu devrais le retrouver et l'arrêter. Sans ça les hurlades vont recommencer. »

La conversation terminée, le gardien de la paix Partimo mit en soupirant sa casquette de fonction et partit à bicyclette en direction des rapides de la Bouche.

Huttunen se tenait assis dans la salle d'habitation du moulin, le ventre vide, la tête entre les mains. La soirée était déjà bien avancée. La nuit serait bientôt là, solitaire et affamée. Le meunier but de l'eau à la louche et se remit à la fenêtre, épuisé. Si seulement la conseillère horticole Sanelma Käyrämö descendait maintenant la colline sur sa bicyclette, les choses pourraient prendre un meilleur tour.

Mais ce fut un homme âgé qui apparut sur la pente, un homme en qui Huttunen reconnut le gardien de la paix Portimo.

18

Le policier laissa sa bicyclette contre le mur du moulin et entra bruyamment. Il remarqua que les planches clouées en travers de la porte avaient été arrachées. Cela signifiait que le meunier pouvait fort bien être chez lui. Dans l'escalier, Portimo appela d'un ton conciliant.

« Ce n'est que la police, Huttunen, t'inquiète pas!

Huttunen invita Portimo à s'asseoir. Le gardien de la paix offrit une cigarette au meunier. C'était la première que ce dernier fumait depuis longtemps. Aspirant profondément la fumée, il dit :

« À Oulu, ils m'ont même pris mes cigarettes. »

Portimo demanda si à Oulu ils avaient laissé sortir Huttunen. À voix basse, ce dernier avoua :

« Je me suis sauvé.

– C'est bien ce que Tervola soupçonnait quand il a téléphoné. Si tu venais avec moi ?

– Même si tu me tuais sur place je ne viendrais pas. »

Le policier le tranquillisa, affirmant qu'il n'était quand même pas question de lui tirer dessus. Simplement, l'épicier avait téléphoné. Huttunen demanda si sa fuite avait été signalée au commissaire. Portimo répondit qu'Oulu n'avait encore rien demandé et que le commissaire ne savait pas encore que le meunier était de retour dans le canton.

« Pourquoi t'es venu m'arrêter si t'as pas d'ordres ? »

Portimo admit qu'en effet il n'avait pas d'ordres. Mais comme le marchand avait téléphoné...

« C'est que j'ai une ardoise de trois mois chez Tervola. Je suis un peu obligé de lui obéir. C'est pas avec une paye de gardien de la paix qu'on peut se permettre de fâcher un épicier. J'ai mon fils à Jyväskylä en pédagogie, il veut faire instituteur. Ça revient cher, tu sais, d'élever un homme. Tu te souviens pas d'Antero ? Il a passé des étés entiers au moulin à t'écouter. Un avec des grandes jambes.

— Ah, celui-là... mais pour parler d'autre chose... J'ai une faim épouvantable. J'ai pas pu avoir de provisions au magasin, et ce n'est pas faute d'argent. Je ne suis pas un voleur. Ça va faire trois jours que je n'ai pas eu un vrai repas, et encore, c'était de cette foutue bouillie. Crois-moi, j'ai une de ces fringales. »

Portimo promit de parler de cette histoire de nourriture à sa femme. Mais ça ne serait pas tous les jours. Et on n'apporterait pas les vivres au moulin, mais quelque part dans la forêt, par exemple.

« C'est qu'un policier doit être prudent quand il aide un homme recherché. Je ne donnerais pas à manger à un criminel, mais toi c'est un peu différent. Et je te connais. »

Portimo proposa une nouvelle cigarette.

« Écoute Nanar, ce ne serait pas plus sage de vendre ce moulin et de partir en Amérique ? D'après ce que j'ai entendu, la folie n'a pas grande importance, là-bas, les fous s'y promènent en liberté. On t'y persécuterait pas, du moment que tu ferais ton boulot.

— Je ne comprends rien à l'anglais et je ne le parle pas. Je ne peux même pas aller en Suède, je ne connais pas la langue et, à mon âge, on n'apprend pas si vite.

— C'est sûr... mais tu ne peux plus habiter le moulin. Si ça se trouve, on recevra dès demain un avis de recherche au courrier. Je serai obligé de te prendre et de te ramener à Oulu. La police aussi doit obéir à la loi, tu sais.

— Où pourrais-je aller ? »

Portimo se mit à faire des projets : et si Huttunen allait dans les bois ? C'était l'été, le beau temps était bien installé. Le meunier pourrait vivre dans la forêt, pour commencer, essayer de vendre le moulin par l'entremise d'un intermédiaire, puis partir discrètement à l'étranger.

« T'as qu'à emporter un livre de langue et étudier dans la nature. Quand tu sauras la langue et que le moulin serait vendu, t'aurais plus qu'à filer en Suède à travers bois, en passant le Torniojoki, et le monde est à toi. »

Huttunen réfléchit. Il était vrai qu'il ne pouvait rester plus longtemps au moulin. Fuir dans les bois semblait pourtant difficile. Comment s'y débrouillerait-il ?

« Et les " troupes des bois ", alors, ces déserteurs

qui sont restés dans la forêt, certains pendant des années, s'enthousiasma Portimo. Tu peux vivre dans les bois aussi bien que n'importe quel traître à la patrie. Et si tu te fais prendre, aucun tribunal militaire ne te fera fusiller. On te fera seulement un brin de conduite jusqu'à Oulu. »

Pendant que les hommes parlaient, le soir avait cédé la place à la nuit. Portimo était assis à la fenêtre, surveillant les alentours pour que personne ne puisse les surprendre. Tout était silencieux.

Huttunen demanda qui était venu vider son placard à provisions et qui avait emporté ses ustensiles. Portimo répondit qu'il était venu avec le commissaire confisquer le fusil et la hache, pour plus de sûreté. Les provisions avaient été prises par la pastoresse et distribuées aux assistées de la paroisse.

« Elle avait bien besoin de prendre le sac de pommes de terre. Les patates ne se seraient pas abîmées dans le placard.

— Pour les pommes de terre, je ne sais pas. Ils se sont peut-être dit que tu étais à Oulu pour des années.

— Nom de Dieu, quand je pense que j'ai dû lécher la farine du plancher. La vie peut être vraiment merdique, pour un fou. Et je ne suis même pas réellement fou. À Oulu il y en avait, des vrais fous. »

Portimo sursauta, montra la fenêtre.

« Regarde, Nanar... qui est à croupetons dans le potager ! »

Huttunen se précipita à la fenêtre, renversant sa chaise. Quelqu'un s'affairait sur la parcelle associative, une femme. Huttunen reconnut aussitôt la conseillère horticole Sanelma Käyrämö, accroupie au bord d'une rangée de betteraves, arrachant les mauvaises herbes. Huttunen courut dehors, dévala les marches cinq à cinq.

Portimo vit le meunier sauter par-dessus les platesbandes de navets, saisir la conseillère dans ses bras et lui plaquer un baiser. L'horticultrice, la première frayeur passée, reconnut l'arrivant, se jeta dans ses bras, se laissa serrer et enlacer.

Quand au bout d'un moment on entendit dans le potager un bruit de conversation animée, Portimo ouvrit la fenêtre et jeta au couple :

« Silence! Quelqu'un pourrait vous entendre et se mêler d'appeler la police! Voulez-vous bien rentrer tout de suite. »

La conseillère horticole et le meunier montèrent dans le logis, le visage rayonnant de bonheur. Ils restèrent longtemps silencieux, jusqu'à ce que le gardien de la paix toussote et remarque :

« Les affaires de notre Nanar ne se présentent pas très bien, qu'en pensez-vous, comme consultante ? »

La conseillère horticole acquiesça. Elle se sentait intimidée sous le regard du policier. Portimo continua :

« On s'était un peu dit, avec Nanar, qu'il pourrait filer dans les bois. Au moins jusqu'à l'automne. On verrait comment ça se passe. »

La conseillère acquiesça de nouveau et regarda Huttunen, qui semblait d'accord. Portimo tenta de prendre un ton plus protocolaire.

« Si nous convenions, avec la consultante, que nous ne savons officiellement rien de cet homme ? C'est

132

un peu délicat, pour des fonctionnaires, d'aider un type dans sa situation... je veux dire qu'on cacherait qu'on l'aide. »

Ce fut entendu, et l'on convint aussi que la conseillère horticole apporterait la nuit même à Huttunen des vivres qu'elle irait chercher chez la femme de Portimo.

Ils quittèrent tous les trois le moulin. Huttunen emporta une couverture et un imperméable et enfila des bottes à tige de caoutchouc.

Sur la route, Portimo tendit solennellement la main à Huttunen.

« Essaye de te débrouiller, Nanar. Ce sont les circonstances qui sont en cause, ici, pas les hommes. Crois bien que je n'ai pas l'intention de te poursuivre. »

Quand Portimo fut parti, le meunier et la conseillère se rendirent dans l'île aux Aulnes. La femme passa chez Portimo prendre des pommes de terre et de la sauce dans une gamelle. Le repas avait un peu refroidi en route, mais il convenait parfaitement au meunier affamé. L'homme mangea en silence, presque pieusement. Sa grosse pomme d'Adam montait et descendait dans sa gorge. La conseillère horticole trouva cela si émouvant qu'elle posa une main sur l'épaule du dîneur et lui caressa les cheveux de l'autre. Des fils gris y étaient-ils apparus depuis leur dernière rencontre ? Dans la pénombre de la moustiquaire, on ne pouvait en être sûr.

La conseillère rinça la gamelle dans le ruisseau. Huttunen la raccompagna jusqu'à la rive de l'île, mais ne la suivit pas de l'autre côté du cours d'eau. Ses yeux s'emplirent de larmes quand la femme disparut dans la nuit noire des aulnes.

Huttunen retourna tristement dans sa tente, s'étendit sur la couche d'herbes sèches et songea qu'il était maintenant seul. La nuit était totalement silencieuse, pas un oiseau ne chantait.

DEUXIÈME PARTIE

La chasse à l'ermite

19

La vie de Gunnar Huttunen était arrivée à un sinistre tournant : il n'était plus qu'un meunier sans moulin, un homme sans logis. Les humains l'avaient exclu et il s'était exclu de leur société. Qui sait combien de temps il devrait éviter les villages des hommes.

Huttunen, assis au bord du ruisseau solitaire, écoutait le chant du torrent où, dans la fraîcheur de la nuit d'été, coulait l'eau d'une source lointaine. Il songea que s'il avait souffert d'une tumeur à la poitrine, on l'aurait laissé vivre en paix, on l'aurait plaint, aidé, laissé subir son mal au milieu de ses semblables. Mais comme son esprit était différent des autres, on ne le supportait pas, on le rejetait à l'écart de toute vie humaine. Il préférait pourtant cette solitude aux barreaux de la chambre d'hôpital où seuls l'entouraient de pauvres hères dépressifs et asthéniques.

Une truite, ou peut-être un ombre, sauta dans la rivière obscure. Huttunen tressaillit, le rond dans l'eau passa devant lui en se brisant, se fondit dans le courant ; il lui vint à l'esprit qu'il ne mangerait désormais plus de pain ni de lard, comme quand il était meunier. Il devrait vivre de poisson et de gibier.

Huttunen toucha l'eau fraîche de la main et s'imagina être une truite de rivière, d'un kilo au moins. Il se vit nageant dans le ruisseau, remontant le courant ; il ondula et se faufila entre les pierres dans l'eau peu profonde, se reposa un instant dans le contre-courant d'un rocher enrobé de mousses, battit des nageoires, ouvrit ses branchies, brisa la surface de l'eau de sa gueule pour reprendre aussitôt sa nage, se propulsant d'un coup de queue. Le flot bourdonna aux ouïes de Huttunen tandis qu'il remontait plus haut le ruisseau nocturne. Mais il eut bientôt envie d'une cigarette et, cessant pour cette fois de faire le poisson, il repensa à sa vie.

Une chose lui faisait peur : cette existence d'ermite ne risquait-elle pas de lui faire perdre complètement la raison ? S'il regardait assez longtemps dans la même direction, il sentait comme un cercle de fer lui enserrer le front. Il lui fallait secouer violemment la tête pour que la pression se relâche.

Huttunen se mit debout, cassa sans savoir pourquoi quelques branches d'aulne, les jeta dans le ruisseau, marmonna :

« Dans ces conditions, je pourrais bien perdre l'esprit. »

Pensif, il rentra dans sa tente. Des idées plus bizarres les unes que les autres se pressaient dans sa tête, chassant le sommeil. Ce n'est que quand les premiers oiseaux du matin commencèrent à chanter que Huttunen s'endormit pour quelques instants, assailli de rêves si pesants qu'il se réveilla trempé d'une sueur froide.

Huttunen se lava dans le ruisseau rafraîchi par l'aube. Le soleil était déjà levé. Il avait de nouveau faim. Mais il se sentait mieux, plein d'énergie et d'allant. Son cerveau foisonnait de projets pour sa vie d'ermite.

La conseillère lui apporterait certes à manger au début, mais à long terme elle ne pourrait pas avec son maigre salaire entretenir dans les bois un homme de sa taille, Huttunen le comprenait bien. Il fit une liste des objets qui l'aideraient à vivre seul dans la forêt : une hache, un couteau de chasse, un sac à dos, des ustensiles de cuisine, des vêtements... il lui fallait de tout. Le meunier décida d'aller aux rapides de la Bouche prendre du matériel. Il était encore si tôt que personne ne le chercherait au moulin. Il courut à travers bois jusqu'aux rapides, se glissa sous le moulin dans le logement de la turbine et de là, par la trappe, à l'intérieur du bâtiment et jusque dans sa chambre.

Huttunen sortit son sac à dos du placard. Il était relativement neuf, c'était une chance de l'avoir un jour acheté. Pendant la guerre, surtout pendant la retraite, Huttunen avait maudit le triste sac à dos de l'armée qui ne contenait presque rien mais pesait sacrément lourd, était toujours plein, cognait les reins, frottait et vous sciait les épaules, surtout quand il fallait courir. Mais celui-ci était vaste et solide, ses larges bretelles étaient doublées de feutre épais, il avait une ceinture et toutes sortes de sangles et de courroies pour accrocher du matériel. On aurait dit le harnais et le caparaçon réunis d'un petit cheval. Huttunen commença de remplir le sac.

Une casserole, une bouilloire, une poêle, un gobelet, une cuiller, une fourchette. Que fallait-il d'autre ? Huttunen fourra dans les poches du sac deux petits flacons pour le sel et le sucre, des gouttes de camphre et d'iode. Il prit aussi de la poudre parégorique, c'était d'ailleurs tout ce qu'il avait comme médicaments au moulin.

Le meunier roula étroitement son bonnet de fourrure à l'intérieur d'une couverture. Il découpa dans une vieille chemise de flanelle des bandes pour s'envelopper les pieds, deux dans le devant et deux dans le dos. Avec les chaussettes de laine qu'il avait sur lui, cela devrait suffire. Ses bottes à tige de caoutchouc étaient heureusement en bon état, mais il valait mieux prévoir des rustines. Il examina avec satisfaction l'assise en cuir des bottes : ses pieds ne se frôlaient jamais en marchant, il n'était pas le moins du monde cagneux. Cela épargnait les bottes. Le frottement mange deux paires de bottes par an à certains, pour peu qu'ils marchent.

« Une pierre à aiguiser et une lime... »

Huttunen les mit au fond d'une poche. Il chercha une scie dans le bûcher, défit la monture, roula la lame, l'enveloppa de papier et l'attacha à l'extérieur du sac. Il sortit ensuite récupérer la corde à linge. On ne referait pas de sitôt la lessive sur la colline du moulin de la Bouche.

Une poignée de clous de trois pouces. Un peigne, une glace, un rasoir, un blaireau et du savon. Un crayon et un cahier à carreaux bleus. Il avait besoin de tout. Fallait-il glisser quelques livres dans le sac à dos ? Huttunen constata qu'il avait lu plusieurs fois tous les ouvrages de sa bibliothèque, inutile de les trimbaler au fond des bois. La radio ? Elle pesait trop lourd. S'il pouvait à la rigueur porter le poste lui-même à travers les broussailles, le poids de la batterie la rendait intransportable.

Il tourna le bouton du récepteur. Aux nouvelles du matin, on parlait de la guerre de Corée. Il fallait vraiment qu'ils en parlent tous les jours, se dit Huttunen. Évidemment, les péquenots adoraient la guerre de Corée – plus d'un bonhomme s'était enrichi en vendant du bois quand la guerre avait fait flamber les cours. Pas besoin d'un gros tas de rondins ni d'une confortable pile de troncs pour qu'un fermier se paye un tracteur. Au printemps, Vittavaara et Siponen avaient vendu de tels monceaux d'arbres qu'ils étaient à l'abri du besoin pour des années. Agacé, Huttunen éteignit la radio.

« Et cette satanée mère Siponen qui ose garder le lit en se prétendant paralysée. Je ne donnerai pas un sou à Siponen pour sa bonne femme. »

Il fallait aussi une aiguille, du fil et quelques boutons. Huttunen arracha de son vieil atlas scolaire la page représentant le nord de la Finlande. Dommage qu'il n'ait pas de boussole. Deux paires de sous-vêtements et un caleçon long. Des moufles et des chaussons de feutre. Le bonnet de fourrure y était déjà. Huttunen roula sa veste de cuir doublée de mouton et l'attacha sur le dessus du sac.

« Qui sait s'il ne faudra pas se terrer dans les bois tout l'hiver... une veste de prix, achetée à Kokkola après la guerre. »

Un rabot, un ciseau, un pic et une mèche de vrille d'un doigt de diamètre. Il pourrait lui tailler un manche dans n'importe quel bout de bois. À quoi pouvait bien servir un rabot dans la forêt, ne valait-il pas mieux le laisser là ? Huttunen réfléchit que s'il devait rester dans la nature jusqu'à l'hiver, il lui faudrait des skis. Il n'allait pas emporter les siens maintenant. Il s'imagina déambulant les skis sur l'épaule en plein milieu de l'été.

« Si quelqu'un me voyait, il me croirait fou. »

Huttunen fourra le rabot dans son sac. Une bougie, des allumettes, des jumelles. L'une des lunettes était embuée depuis que l'instrument était tombé dans le Svir, pendant la guerre, mais on voyait très bien avec l'autre. Il aurait enfin le temps de démonter l'optique obscurcie et de sécher les lentilles. Des ciseaux, et puis du matériel de pêche : un bout de filet, une dizaine de cuillers et de dandinettes, du fil, des hameçons, des émerillons, un morceau de plomb. C'est avec cela qu'il devrait dorénavant se procurer sa pitance, heureusement au moins qu'il avait ce qu'il fallait. Il avait aussi des mouches par dizaines, confectionnées par essaims entiers pendant l'hiver.

Le sac était si plein qu'il en était malcommode à mettre au dos. Huttunen le soupesa. Il faillit rester plié en deux.

Il traîna le sac de la salle d'habitation dans le moulin et de là, par en dessous, jusque dans le bois derrière la rivière. Huttunen prit une suée à trimbaler si soudainement un paquetage aussi lourd. Il le cacha dans une sapinière et retourna à son logis. Il lui était venu à l'esprit qu'un seau en zinc pourrait peut-être lui être utile dans sa retraite. Il serait bien un peu encombrant, mais il ne pesait pas lourd.

Le seau à la main, Huttunen réfléchit à ce qu'il aurait pu oublier. Il lui semblait tout avoir. Il jeta un coup d'œil au potager, se disant qu'il pourrait prendre quelques navets, ils étaient déjà de taille à être mangés.

Un groupe d'hommes se tenait en bordure des plantations. Il y avait là une petite dizaine de villageois, en rond autour du commissaire. Le meunier comprit qu'on était venu le chercher. En un éclair, il fut dans l'escalier. Le seau heurta le chambranle, Huttunen eut peur que le bruit ne s'entende jusque dehors. Il ouvrit la trappe de la turbine et se glissa dans le logement avec son seau. Au même instant, la porte du moulin s'ouvrit avec fracas et les hommes entrèrent. Huttunen reconnut la voix du gardien de la paix Portimo, qui expliquait :

« Hier en tout cas, il n'y avait personne ici. Il a peut-être filé dans les bois. »

Les hommes passèrent juste au-dessus de Huttunen, la trappe grinça. De la poussière de farine coula entre les planches. Le meunier était tassé dans une position inconfortable dans l'étroite cage, espérant que personne ne mettrait le moulin en marche, car dans ce cas il était perdu : les pales de la turbine le broieraient dans ce réduit. Du mur amont, de l'eau lui gouttait dans le cou, il devait en couler le long du canal d'amenée. Le meunier se surprit à penser qu'il faudrait l'étancher à l'automne.

Il distingua les voix de Vittavaara, de Siponen, du marchand Tervola, du gardien de la paix et du commissaire. Il y avait aussi deux autres hommes, peut-être l'instituteur et Launola, le valet de Siponen. Il entendit Vittavaara dire :

« Il est passé par là. Regardez voir comme il a bien balayé la farine. »

Les hommes montèrent l'escalier, appelant Huttunen. Le commissaire brailla du pied des marches que toute résistance était vaine.

« Sors de là bien tranquillement. Tu n'as aucune chance contre nous ! »

Les hommes constatèrent bientôt que le logis du meunier était vide. Dépités, ils redescendirent. Vittavaara remarqua :

« Il avait quand même bien rafistolé le moulin avant de tomber fou. »

Ils sortirent tous, à l'exception du gros fermier. Ce dernier avait apparemment enclenché la transmission, Huttunen perçut le cliquetis du babillard de la meule. Vittavaara cria à ceux qui étaient dehors :

« Si on faisait tourner le moulin, pour voir ? Qui sait si d'ici l'automne il ne reviendra pas à la commune. On pourrait moudre notre propre grain. »

Huttunen fut épouvanté. S'ils mettaient le moulin en marche, il périrait écrasé. C'était facile, il suffisait de fermer la vanne de la scie à bardeaux et l'eau bouillonnante se précipiterait dans le logement de la turbine, la faisant obligatoirement tourner. On entendrait d'abord le froissement du seau en zinc, puis un bruit d'os broyés.

Huttunen s'agrippa de toutes ses forces aux pales, mit le seau sur sa poitrine, l'aplatissant en ovale. Il décida que si la turbine se mettait en route, il résisterait avec la dernière énergie. Il calcula mentalement combien la turbine fournissait de chevaux-vapeur avec le débit d'eau du cœur de l'été. Il allait lui falloir une force insensée pour rester en vie.

144

Dehors, on entendit le commissaire crier que ce n'était pas le moment de mettre en branle le moulin du fou. Quelqu'un avait cependant eu le temps d'atteindre la vanne de la scie à bardeaux et Huttunen conclut d'après le clapotement de l'eau qu'il était en train de la fermer. Les premières giclées d'eau jaillirent, trempant le meunier de la tête aux pieds. Il tordit de toutes ses forces les ailettes de la turbine. Sa vue s'obscurcit. Il se dit qu'il offrirait une sacrée résistance à la roue. Il y allait de sa vie. Bientôt l'eau se rua en trombe du coursier. Huttunen manqua se noyer dans le flot, s'ébroua, tint bon. Les masses d'eau commencèrent à peser sur la roue pour l'entraîner. Mais Huttunen ne la laissa pas bouger d'un pouce. Un goût de fiel lui remplit la bouche, il eut l'impression que les veines de sa tête éclataient. Mais il ne lâcha pas prise. Céder maintenant à l'eau aurait été comme laisser échapper sa propre vie.

« Ça tourne pas, cria Vittavaara du moulin. Ce foutu truc est coincé. »

Des cris retentirent dehors, que Huttunen ne comprit pas. Puis le débit de l'eau diminua et se tarit bientôt complètement. Quelqu'un avait ouvert la vanne de la scie à bardeaux. Huttunen, dégoulinant, put constater qu'il avait vaincu la force de son moulin. Tout son corps tremblait de ce terrible effort. Le seau s'était aplati comme une galette entre sa poitrine et la turbine. Il avait de l'eau dans les oreilles, envie de vomir.

On entendit devant le moulin la voix du commissaire.

« Allons-y. Portimo viendra monter la garde pour la nuit.

« – Il a verrouillé son moulin, la vache », dit Siponen en revenant de l'amont du coursier. Sur ce, les villageois quittèrent les lieux.

Huttunen resta un moment assis dans le logement de la turbine. Quand toutes les voix se furent tues, il se glissa dehors et disparut dans la forêt, son seau de zinc écrasé sous le bras. Il jeta sur ses épaules son lourd sac à dos à armatures et s'enfonça dans la forêt, dégouttant d'eau. Il se sentait vidé, exténué, mais il devait s'éloigner des rapides de la Bouche, la petite troupe ratisserait sûrement les bois derrière le moulin.

20

Huttunen traîna son sac à quelques kilomètres du village. Il grimpa sur une petite colline plantée de pins et y établit provisoirement son camp. Il fit un feu de branches mortes à la chaleur duquel il sécha ses vêtements. Une fois rhabillé, il redressa le seau aplati, le martelant avec une pierre de la grosseur du poing jusqu'à ce qu'il retrouve un semblant de forme. Il regretta de ne pas avoir de hache.

Difficile aussi, sans hache, de dresser un vrai camp. Ce n'est pas avec un couteau qu'on peut couper du bois pour le feu ou tailler des perches pour construire un abri. Dans la forêt, un homme privé de hache est comme manchot.

Huttunen éteignit le feu et cacha son sac au pied d'un sapin. Le gardien de la paix Portimo lui avait confisqué sa hache – il allait la récupérer. Huttunen traça vers le village.

Il serait facile de se glisser dans le bûcher du policier pendant que ce dernier dirigeait la chasse au fugitif. Une fois la maîtresse de maison partie faire ses courses, laissant la maison vide, Huttunen flatta le chien et entra dans la remise. La réserve de bois du pauvre policier de campagne faisait peine à voir. Il y avait dans un coin un petit tas de rien du tout de bûchettes pour le fourneau, pour un jour ou deux à peine. Contre le mur du fond étaient entassés trois stères de bûches humides de bois chablis. Si on ne les débitait pas bientôt, elles n'auraient pas le temps de sécher avant l'hiver.

Près de la porte, il y avait un vague amas de branchages. Le policier les avait ramassés dans les bois des propriétaires voisins, car lui n'avait pas de terres. C'était triste et misérable.

La hache de Portimo était posée contre le mur. L'outil était laid et gauche, ébréché et rouillé. On avait fixé dans la douille un manche grossier qui branlait, car le coin était desséché et fendillé. Huttunen renfonça le coin, retailla le manche et améliora la forme de l'assemblage.

La scie à refendre n'était guère en meilleur état. Huttunen l'essaya sur un rondin. La lame était mousse et tirait à droite. Huttunen fut apitoyé par le dénuement du policier. Il n'y avait dans ce bûcher ni bois sec ni outil convenable.

Il y avait pourtant un bon instrument : une hache qu'il connaissait bien, la sienne, plantée dans le billot. Le meunier la dégagea, effleura le tranchant, constata qu'il était encore bien aiguisé.

Avant de partir, Huttunen décida de débiter quelques bûches pour le policier – pour compenser en quelque sorte la récupération de la hache. Il était en fait de son devoir d'apporter une petite aide; le gardien de la paix, après tout, était obligé de courir les bois toute la journée à sa recherche à lui, Huttunen.

148

Il fendit un gros tas de bois, l'empila proprement contre le mur du bûcher et, voyant la femme de Portimo revenir du magasin, se coula dans la forêt. La hache au fer luisant balançait sur son épaule.

Huttunen suivit la ligne du téléphone. La marche était aisée car il y avait un ancien chemin, qui semblait mener au magasin. Huttunen contourna l'établissement par les bois, continuant de suivre les fils. Il se dit que c'était précisément par cette ligne que le marchand Tervola avait appelé les autorités à ses trousses.

« Foutus poteaux. »

Huttunen lança un regard noir aux poteaux téléphoniques. Il lui sembla entendre dans le chant des fils la voix calme du marchand appelant son grossiste de Kemi pour commander des articles : de la viande, du saucisson, des fromages, du café, du tabac. Une faim aveugle envahit Huttunen. Il s'arrêta au pied d'un poteau et posa dessus le tranchant de sa hache, jaugeant le coup.

« Je tranche là et le téléphone cesse de carillonner dans la boutique de Tervola. »

La hache au bas du poteau était si tentante que Huttunen ne put s'empêcher d'en frapper le bois vibrant. Les oiseaux perchés sur le fil s'envolèrent sur deux kilomètres de distance. Huttunen frappa et refrappa, les fils sifflèrent et toute la ligne résonna. Le lourd poteau commença bientôt à vaciller et, au bout de quelques coups, craqua à la base et s'écroula. Les isolateurs se brisèrent et les fils volèrent en grinçant dans la forêt. Huttunen essuya la sueur de son front et regarda son œuvre.

« Le téléphone du marchand est provisoirement en dérangement. »

Huttunen n'avait pas l'habitude de faire les choses à moitié. Dans la foulée, il débita le poteau en rondins de deux mètres de long et les empila. Il roula les fils du téléphone et posa le rouleau sur la pile. Quand les techniciens viendraient en leur temps réparer la ligne, la besogne serait en partie faite : ils n'auraient plus qu'à charger les rondins dans leur charrette et à planter un nouveau poteau.

Maintenant que le téléphone du marchand était réduit au silence, Huttunen décida d'en profiter pour passer au magasin. Tervola lui vendrait bien quelques vivres, d'autant, heureux hasard, qu'il avait sa hache.

Il y avait pas mal de monde dans la boutique. Le murmure tranquille des conversations fit place à un silence terrorisé quand Huttunen entra, la hache à la main. De-ci de-là, quelques clients firent mine de sortir, alors que la plupart n'avaient rien eu le temps d'acheter.

Le marchand Tervola plongea dans l'arrière-boutique. On l'entendit tourner fiévreusement la manivelle du téléphone et réclamer le central. Mais la liaison était coupée. Le gardien de la paix ne répondait pas et le commissaire était injoignable, Tervola revint craintivement dans la boutique.

Huttunen posa la hache sur le comptoir et commença à énumérer les articles qu'il était venu acheter.

« Du tabac, deux boîtes de viande, un kilo de sel, du saucisson, du pain. »

L'épicier fournit docilement la marchandise. Au moment où il pesait le saucisson, Huttunen posa pour plaisanter sa hache sur le plateau de la balance, à côté des poids, et dit :

150

« Regarde donc, boutiquier, comme cette hache est légère. »

Dans les achats du meunier, la hache pesa tellement que le marchand arrondit largement la note vers le bas; alors que son client s'apprêtait à sortir, Tervola lui demanda même s'il désirait autre chose.

Sur le pas de la porte, Huttunen se retourna :

« Ce sera tout, merci. »

À l'abri de la forêt, il vit la foule se déverser hors du magasin. Le groupe fila de toute la vitesse de ses jambes vers chez Portimo. Huttunen avait envie d'entamer son saucisson, mais il était plus sage de rentrer au camp. Le moment était mal choisi pour manger.

21

Toute la journée, des aboiements de chiens et des cris d'hommes retentirent dans les bois jusqu'au camp du fugitif. Le village était sur le pied de guerre à cause du meunier échappé de l'asile. Pour mieux suivre les événements, ce dernier grimpa dans un pin centenaire, un vieux colosse qui se dressait sur la colline où il s'était réfugié. Il dut l'escalader deux fois, car la première il avait oublié ses jumelles au pied de l'arbre et ne put distinguer à l'œil nu ce qui se passait au village.

Dans l'oculaire de l'unique lunette de ses jumelles, Huttunen observa un intense trafic sur la route du village. Des chiens couraient, lâchés, et des hommes roulaient en tous sens à bicyclette. Des fermiers étaient plantés aux carrefours, le fusil sur l'épaule. Il devait aussi en circuler dans la forêt, mais Huttunen ne pouvait les voir du haut de son pin.

Le meunier descendit du vieil arbre. Il éteignit le feu et fit son sac, au cas où. La conseillère horticole avait promis à Huttunen de le retrouver dans l'île aux Aulnes, une fois la nuit tombée. Si le même chambard continuait au village, il se pouvait hélas qu'elle soit empêchée de venir au rendez-vous.

Le village ne se tut qu'au coucher du soleil. On attacha les chiens et les fermiers rentrèrent chez eux pour dîner. Huttunen prit le chemin de l'île aux Aulnes.

L'endroit avait été visité dans la journée – la toile de tente avait disparu. Les cordes et les piquets étaient éparpillés entre les aulnes. Huttunen ramassa les bouts de bois et roula la corde en pelote.

« Les gens laissent tout traîner. »

Huttunen craignait que Sanelma Käyrämo n'ose pas venir dans l'île, mais elle arriva bientôt. La jeune femme emprunta craintivement la passerelle construite par le meunier, avec au bras un panier d'où dépassait une bouteille de lait. Huttunen l'embrassa et mangea. Pendant ce temps, elle lui raconta ce qui s'était passé dans la journée au village.

Huttunen était maintenant officiellement recherché. Il n'aurait pas dû aller la hache au poing faire du scandale au magasin, reprocha la conseillère.

« Et en plus, tu as pesé le saucisson avec ta hache. Tervola va certainement porter plainte pour entrave à la liberté du commerce. Le commissaire a reçu d'Oulu une lettre l'informant que tu t'étais échappé et qu'il fallait te reprendre. Il a fait savoir que tout cela était maintenant extrêmement officiel. »

Huttunen termina son repas. Mais la conseillère horticole avait encore à dire.

« Tu as aussi coupé un poteau téléphonique. Il a fallu faire venir des réparateurs de Kemi, et la ligne ne fonctionne toujours pas. La demoiselle du central m'a dit qu'avec de la chance, on pouvait aller en prison pour avoir coupé une ligne, pour peu que l'administration des Télégraphes soit de mauvaise humeur. »

Huttunen resta longtemps silencieux, fixant les brumes de la rivière. Puis il sortit son portefeuille de sa poche, prit son livret bancaire et le tendit à la conseillère.

« Je suis sans le sou. Pourrais-tu aller retirer tout l'argent de mon compte ? Ça te reviendrait trop cher de m'entretenir dans les bois de tes deniers. »

Huttunen rédigea une procuration sur une page arrachée au cahier à carreaux bleus. Sanelma Käyrämö y inscrivit son nom et Huttunen ajouta la signature de deux témoins : Jean Grue et Henri Loup. Tous deux avaient une écriture très personnelle. Huttunen expliqua qu'il n'y avait pas énormément d'argent sur son compte en banque, mais assez pour qu'en vivant avec économie il puisse se débrouiller jusqu'à l'automne, peut-être même jusqu'au début de l'hiver.

« J'avais pensé me mettre à la pêche, pour dépenser moins en nourriture », expliqua Huttunen à la conseillère.

Elle lui demanda de ne plus venir dans l'île aux Aulnes, car l'endroit avait été découvert. Dans la journée, Vittavaara avait rapporté au village la moustiquaire de Huttunen et l'avait remise, pliée, au commissaire. Dans la soirée, les dames du commissaire et de l'instituteur avaient été faire la lessive au bord de la rivière. On y avait aussi lavé la tente de Huttunen, la conseillère l'avait vue sécher sur la corde.

Le couple se donna rendez-vous au carrefour du marais de Reutu, à cinq kilomètres de l'église, sur la

154

rive est du Kemijoki. La conseillère horticole promit d'y venir dans une semaine sur sa bicyclette. Il était plus sage de rester un moment sans se voir, tant que les recherches battaient leur plein. D'autant plus que les villageois tenaient déjà Sanelma Käyrämö à l'œil.

« La vie est mal faite... Une seule chose me console, ton potager se porte à merveille. On pourrait déjà y cueillir des carottes, et les navets seront bientôt de la taille d'une tête. Je binerai et je fumerai ta parcelle, ne t'en fais pas. Si le village se calme, mon chéri, va y chercher des légumes frais. Ça te fera des vitamines, mon pauvre Gunnar. Tu n'imagines pas comme les vitamines sont importantes. Surtout dans cette forêt, elles sont utiles. »

La conseillère horticole retourna sans tarder au village. Huttunen quitta l'île aux Aulnes pour se fondre dans la nuit.

Le lendemain, la conseillère alla trouver le directeur de la Caisse mutuelle, Huhtamoinen. Le banquier invita la consultante à s'asseoir, faillit lui offrir un cigare mais referma vite la boîte et s'abstint lui-même de fumer. Sanelma Käyrämö lui tendit le livret d'épargne de Huttunen et la procuration.

« Le meunier Gunnar Huttunen m'a téléphoné d'Oulu et m'a demandé de prélever la totalité de son compte. Il a dit qu'il en avait besoin pour la cantine de l'hôpital. »

Le banquier examina le livret, sourit d'un air satisfait, lut la procuration.

« C'est par téléphone que M. Huttunen vous a fait parvenir ces documents ? »

La consultante expliqua vivement que les papiers

155

étaient arrivés le matin par la poste, que le facteur Piittisjärvi les avait apportés.

Le directeur de la banque prit un ton paternel, presque didactique.

« Vous savez bien, mademoiselle, que nous travaillons dans cette banque sous le sceau du secret bancaire. J'ai toujours bien expliqué à mes employés, c'est-à-dire au caissier, Sailo, et à Mlle Kymäläinen, que le secret bancaire était inviolable. Il est plus contraignant que le serment d'Hippocrate. Plus généralement, il faut à mon avis dans la banque respecter trois règles fondamentales. Premièrement : a) donc, les comptes doivent être exacts au centime près. Aucune erreur ne peut être admise. Deuxièmement, b) la banque doit avoir des liquidités. Une banque doit être financièrement solide. Une politique de prêts laxiste n'honore aucun établissement, si grand soit-il. Même en ce qui concerne l'industrie, aucun soutien n'est justifiable s'il met tant soit peu en danger l'équilibre financier de la banque elle-même. Et troisièmement ou c) voici la règle principale : que l'établissement respecte scrupuleusement le secret bancaire. Aucune information sur les affaires des clients ne doit sortir de la banque. Ni sans l'accord du client ni avec. Je dirais que l'on pourrait comparer le secret bancaire, du point de vue de son sérieux, au secret militaire, surtout en période de paix. »

Sanelma Käyrämö ne comprenait pas pourquoi Huhtamoinen lui faisait un cours sur le secret bancaire. Elle s'inquiéta de savoir si le directeur de la banque avait oui ou non l'intention de lui faire verser les économies de Huttunen.

« Mais tout le monde sait que le meunier Gunnar Huttunen s'est évadé de l'asile d'Oulu. J'ai de bonnes raisons de penser que vous, mademoiselle Käyrämö, vous êtes chargée de veiller à ses affaires courantes, maintenant qu'il est empêché de plusieurs façons de le faire. »

Le banquier enferma le livret bancaire et la procuration de Huttunen dans son coffre.

« Je dois vous déclarer, mademoiselle Käyrämö, que cette banque ne peut vous verser les épargnes de M. Huttunen. Sa mise sous tutelle a été prononcée. En outre, il est en fuite. Vous comprenez certainement que l'on ne peut pas, dans la profession bancaire, verser l'argent d'un homme qui ne peut venir le chercher lui-même en raison de son état de démence. De plus, Huttunen n'a pas d'adresse. Peut-être savez-vous où il se cache. Je ne vous demande pas où il est, je ne suis pas la police. Je suis un financier et le côté criminel de l'affaire ne me concerne pas. Vous comprenez sans doute où je veux en venir ?

— Mais c'est l'argent de Huttunen, essaya d'argumenter la conseillère.

— En théorie, bien sûr, il appartient à Huttunen. Je ne le nie pas. Mais je ne le verserai à personne, comme je vous l'ai dit, sans autorisation officielle. Dans le cas présent, les fonds disparaîtraient littéralement dans la nature. Qu'adviendrait-il, ma bonne demoiselle, si les banques se comportaient de la sorte et versaient quelque part dans les marais ou les collines le capital et les intérêts de leurs clients ? »

La conseillère horticole retint un sanglot. Comment expliquer cela à Huttunen ?

Huhtamoinen rédigea un message sur une feuille de papier.

La Caisse mutuelle regrette de ne pouvoir vous remettre votre épargne et vos intérêts qu'en main propre, et cela uniquement à condition que les autorités l'autorisent expressément. Respectueusement vôtre, A. Huhtamoinen, Directeur de la Caisse.

« Mais comme je vous l'ai dit, je révère le secret bancaire. Si quelqu'un – prenons par exemple le commissaire Jaatila – me demandait quelle affaire vous a amenée ici aujourd'hui, je me contenterais de secouer la tête et je resterais muet comme une pierre. Si les autorités exigeaient de moi que je leur dise où M. Huttunen se cache, je me tairais, même si je savais où il est. C'est ainsi que je conçois le secret bancaire, comme un devoir sacré. J'expliquerai à la police que vous êtes venue demander un prêt, par exemple... disons pour une machine à coudre ?

– J'ai déjà une machine à coudre, pleurnicha Sanelma Käyrämö.

– Disons alors que vous êtes venue ici... me demander conseil, par exemple pour savoir s'il est actuellement intéressant pour un particulier de placer son épargne dans des obligations. Et franchement je vous dirai que non. La conjoncture est telle, avec la Corée, que quiconque a de l'argent a intérêt à investir dans l'immobilier. Le prix du terrain va bientôt sensiblement monter, contrairement au revenu des obligations de l'État. Tout dépend bien entendu de la durée de la guerre de Corée, mais il ne semble pas que la paix

158

revienne avant plusieurs mois en Asie, pas avant l'été prochain. Dites que c'est ce que j'ai dit. Mais je parle maintenant sur un plan plus général, veuillez me pardonner, mademoiselle Käyrämö. »

La conseillère horticole dut quitter la banque avec ce seul viatique. Elle avait envie de pleurer, mais elle ravala ses larmes pour passer devant les employés dévorés de curiosité. Ce n'est que dehors, sur la grand-route, que Sanelma Käyrämö arrêta sa bicyclette et éclata en sanglots intarissables et désespérés. La banque avait pris l'argent de Gunnar et la conseillère ne toucherait pas sa prochaine paye avant deux bonnes semaines.

22

Le marais de Reutu était un immense marécage, une gigantesque tourbière qui s'étendait sur des kilomètres, parsemée en son centre de petites mares aux eaux noires. Une petite rivière, la Vive, serpentait sur son flanc ouest au pied de la modeste éminence du mont Reutu.

C'est là que Huttunen se rendit, à plus de dix kilomètres du village, dans un lieu inviolé, isolé de toute route par plus d'une lieue de forêt. Il trimbala son sac jusqu'à la lisière du marais de Reutu, dans un petit méandre de la Vive où la colline rejoignait la rivière. Le sol était sec et couvert de lichen, mais l'étendue mouvante du marécage s'ouvrait tout de suite sur l'autre rive. L'endroit, entre mont et marais, au bord de l'eau, était parfait pour camper, protégé, beau et bon. Au loin, dans la tourbière, quelques grues craquetaient. Derrière, sur les hauteurs, des pins centenaires bruissaient et, dans la rivière paresseuse, on entendait par moments sauter des truites ou des ombres.

Huttunen fut aussitôt conquis. Il posa son lourd fardeau et, dans son for intérieur, baptisa « pointe du

Logis » la langue de terre donnant sur la boucle de la rivière.

Les jours suivants, le meunier établit sur la pointe un campement plus durable. Il abattit à flanc de coteau quelques grands pins morts sur pied, les fit rouler jusqu'au camp, les débita en billes de deux mètres qu'il pourrait brûler à petit feu si les nuits se faisaient froides et brumeuses.

Pour s'abriter, Huttunen construisit une hutte rudimentaire qu'il couvrit de branches touffues de sapin, disposées cime en bas. Sur le dessus, il entrecroisa les extrémités des rameaux pour former une couche écailleuse, imperméable. Il coupa dans un jeune bouleau épais comme la cuisse un rondin de la longueur de l'abri qu'il plaça sur le sol pour arrêter le vent. Derrière ce seuil, sous la toiture, Huttunen étala un lit de mousse moelleuse d'une vingtaine de centimètres d'épaisseur. Sur la mousse, il arrangea des pousses de sapin encore souples, enlevant les plus grosses ramées pour qu'elles ne lui piquent pas le dos pendant son sommeil.

Huttunen déroula la lame de scie, sculpta des poignées et banda entre elles un bout de corde à linge. Avec son nouvel outil, il coupa derrière la hutte le fût robuste d'un pin, à hauteur d'homme. Sur ce socle, il bâtit avec de légers rondins de bois sec un petit grenier percé d'un côté d'une ouverture aux dimensions du sac à dos. Il porta dans cette resserre ses vivres, ses ustensiles de cuisine et son sac.

Plus loin, au bord de l'eau, l'ermite disposa en cercle des pierres rondes de la grosseur d'une tête. Au-dessus du foyer ainsi formé, il improvisa en courbant

161

un bouleau de la rive une suspension réglable, revenant automatiquement en place. A une cinquantaine de mètres du camp, sur la pente déjà raide du mont Reutu d'où l'on voyait de bord en bord le vaste marécage, Huttunen cloua de solides perches entre deux pins, l'une comme siège, l'autre comme dossier. Sous les perches, il creusa un trou de près d'un mètre de profondeur. C'est là que tomberaient dorénavant, une ou deux fois par jour, les déjections de l'ermite. Huttunen prit l'habitude de rester souvent plus que de besoin assis sur la perche, à regarder l'immense marais déployé à ses pieds où les grues déambulaient dignement et les canards battaient des ailes pressées, tandis que surgissaient parfois au galop sur les bancs de terre cinq ou dix rennes fuyant les hordes de moustiques des sous-bois. Un jour, Huttunen crut apercevoir un ours à l'extrême lisière de la tourbière. C'était une ombre grise qui semblait par moments se dresser sur deux pattes. Mais quand le meunier promena ses jumelles borgnes sur le lointain marécage vibrant dans la brume de chaleur de l'été, il ne vit que des grues, et pas d'ours. Avait-il quitté le marais – avait-il jamais existé ?

Huttunen planta parmi les hautes herbes de la rive quelques pieux sur lesquels faire sécher ses filets. Pour franchir la rivière, il assembla un précaire radeau de rondins secs, qu'il amarra avec une perche devant le foyer, en guise de ponton.

L'ermite sculpta enfin un calendrier dans un arbre mort, en face de sa hutte. Il aplanit à la cognée une surface de deux mains de large sur trois de haut, la lissa au rabot et traça au couteau, dans le tableau ainsi poli, les lignes verticales et horizontales de son almanach. Chaque matin, il inscrivait dans le bois, de la pointe de son couteau, le cours de ses jours. Il ne savait pas, au moment de terminer la construction de son camp, quelle pouvait être la date exacte, mais il se dit que l'on devait approcher de la mi-juillet. Il compta les jours depuis la Saint-Jean passée à l'asile et grava sur le flanc de l'arbre les chiffres VII, 12. Les myrtilles commençaient à mûrir, cela semblait confirmer la date.

Juillet était beau et chaud. La pêche donnait de moins bons résultats qu'au début du printemps ou en août. Les meilleurs poissons étaient maintenant bien nourris et méfiants, les nuits étaient encore trop claires et les eaux de la rivière trop chaudes, les salmonidés à sang froid sommeillaient. Huttunen essaya ses mouches, mais les truites les dédaignèrent. Il pêcha à la cuiller quelques brochets. Si l'on se donnait la peine de les cuire sous la cendre, le mets était tout à fait convenable.

Huttunen utilisait le filet pour prendre du poisson plus gras. Il le tendait en travers de la rivière et allait en aval effrayer le poisson pour qu'il se jette dans le piège. Les truitelles et les ombres se débattaient parfois si nombreux dans les mailles que le meunier aurait pu en garder pour les saler, mais il n'avait pas de récipient adéquat. Il se félicita d'avoir finalement emporté son rabot dans ces bois isolés. Il ferait bien, à l'automne, de débiter et raboter des rondins pour en faire des douves de tonneau. Quelques quartauts de poisson salé pourraient résoudre les problèmes de subsistance de l'hiver. Bien salée, la truite se garde plus d'une saison, même si elle est grasse.

163

Huttunen projeta aussi de construire pour l'hiver un sauna et une petite cabane. Il ne tenait pas à rester tapi dans son abri pendant les grands froids.

« J'attraperais des rhumatismes. »

Il imagina la maison petite, trois mètres sur trois tout au plus. Un lit et une table suffiraient à la meubler, avec peut-être un placard de coin et des cornes de renne comme portemanteau. Au fond, il maçonnerait une cheminée d'angle en pierres plates. À côté de la porte, il laisserait une ouverture pour la fenêtre.

« Il faut que je me procure une vitre, et quelques mètres de tuyau de plomb pour le conduit de cheminée. Pas besoin de feutre bitumé, l'écorce de bouleau tient plusieurs années sur le toit d'une cabane. »

Huttunen faisait à partir de son camp de longues randonnées dans les environs. Il montait souvent au sommet du mont Reutu observer à la jumelle le village avec ses maisonnettes et ses deux églises, l'ancienne et la nouvelle, la petite et la grande. Par temps clair, on pouvait voir à heures fixes se détacher sur le ciel d'été, à l'ouest de l'horizon, le panache de fumée de la locomotive d'un express. On n'entendait pas le bruit du train, on ne voyait ni les wagons ni la voie, mais on pouvait déduire de la direction de la fumée si le train venait de Kemi ou de Rovaniemi, si les voyageurs allaient vers le nord ou s'ils avaient déjà vu la Laponie.

Huttunen ramassait dans les landes bordant le marais de Reutu de savoureuses canneberges de l'automne précédent. Les ronces jaunes des tourbières commençaient à former des boutons, bientôt les premières baies apparaîtraient. On pouvait s'attendre à une bonne récolte. Il y avait aussi des myrtilles mûres à foison. L'ermite en cueillait un ou deux litres par jour dans le panier d'écorce de bouleau qu'il avait tressé. Le soir, après le café, elles étaient délicieuses.

Huttunen profitait de l'été et de sa quiétude. Quand il faisait beau, il se déshabillait parfois pour aller bronzer au sommet de la colline. Il s'allongeait, son pantalon plié sous la tête, et laissait le soleil brunir sa peau. Il regardait inlassablement passer les petits nuages aux formes changeantes, y trouvant les silhouettes d'animaux les plus extraordinaires. Le léger vent de midi maintenait les moustiques dans les marécages. Tout était silencieux, l'ermite pouvait presque entendre ses idées se rencontrer sous son crâne : il y en avait des multitudes, des folles et des ordinaires, dont le cours ne tarissait jamais dans son esprit.

Mais s'il pleuvait, Huttunen restait couché dans son abri, laissant les lourdes gouttes couler sur le sol le long du toit d'aiguilles : le feu sifflait quand la pluie touchait les cendres brûlantes, il faisait bon et chaud. Après l'averse, le poisson mordait bien – il n'y avait même pas besoin de filet, les truites se jetaient voracement sur les mouches tout près de la berge.

La nuit, Huttunen s'éveillait pour contempler le pâle ciel étoilé de l'été, commençait à fredonner. Bientôt le ronron se transformait en gémissement sourd, puis un hurlement puissant et sauvage jaillissait de la bouche de l'ermite, comme aux temps anciens. Cela le calmait. À hurler, il se sentait moins seul – il entendait sa propre voix, étrangère parce que animale.

Parfois, lorsqu'il se promenait par de chaudes journées dans l'étendue sans arbres et sans fin du marais de Reutu, Huttunen se mettait soudain à imiter les animaux de la forêt, ceux-là mêmes qu'il voyait tous les jours et dont il suivait les faits et gestes à la jumelle. Il partait au trot dans les sphaignes, de l'allure tangante d'un renne mâle fuyant les insectes, décrivait des cercles, s'ébrouait, rauquait et grattait le sol de son sabot. À d'autres moments, il étendait ses ailes et s'envolait furieusement telle une oie sauvage, prenait de la hauteur, disparaissait derrière la forêt pour reparaître de l'autre côté du mont Reutu transformé en une autre oie qui écartait les palmes et se posait parmi les roseaux d'une mare dans un jaillissement d'eau boueuse. Devenu grue, il allongeait le cou, craquetait, traquait d'un œil vif les grenouilles et les bécards, des brochets à dos noir arrivés dans le marécage avec les crues du printemps et restés prisonniers des eaux rouillées des fondrières quand le flot s'était retiré.

Quand les grues voyaient dans le marais l'homme aux longues jambes qui glapissait dans leur langue, elles interrompaient leur propre manège, levaient très haut leur grand cou et regardaient, la tête penchée, l'ermite égaré dans leur bande qui ne se rendait pas compte qu'il faisait la grue pour des grues. Le chef de la troupe, parfois, levait le bec vers le bleu du ciel et poussait un long craquètement, une formidable réponse. L'ermite, alors, reprenait soudain conscience, redevenait humain et quittait le marais pour son camp. Il fumait une cigarette dans la pénombre de sa hutte et songeait que si la vie continuait ainsi, tout irait bien.

« Si seulement Sanelma était là. »

23

La semaine passa comme l'éclair. Le soir arriva où la conseillère horticole Sanelma Käyrämö avait promis de retrouver Huttunen au carrefour du marais de Reutu. L'ermite impatient fut sur place bien avant l'heure. Il pensait aux formes saines et pleines de la jeune femme, à ses yeux bleus et à ses cheveux d'or, à sa voix douce et claire. Il s'allongea sous les arbres, au bord de la route. Le temps passait, les moustiques le piquaient, mais il ne s'en apercevait pas, tout à son attente.

Vers six heures du soir, il vit sur la route étroite une femme à bicyclette s'approcher du lieu de rendez-vous. La conseillère Sanelma Käyrämö arrivait! Huttunen bondit de joie et faillit se précipiter à sa rencontre, mais se retint et évita de se montrer sur la route. Ils étaient convenus de se retrouver dans la forêt et l'ermite resta dans les sapins.

La conseillère parvint au carrefour. Elle laissa sa bicyclette dans le fossé et franchit le talus de la forêt. Jetant des regards craintifs autour d'elle, la femme s'écarta d'une vingtaine de mètres de la route. Elle resta là, incertaine.

Au moment où Huttunen allait s'avancer pour la prendre dans ses bras, il entendit un bruit de branche cassée dans le bois. Un élan, un renne? Non, Vittavaara et Portimo! Les hommes approchaient furtivement à travers les arbres, la figure en sueur, haletant et épiant. Ils se tapirent derrière un buisson, sans se montrer à Sanelma Käyrämö. Ils avaient visiblement suivi la conseillère depuis le village, à travers bois. Ils traquaient l'ermite, lui tendaient un mauvais piège.

Huttunen s'éloigna, s'allongea au pied d'un sapin touffu d'où il pouvait voir et entendre ce qui se passait au bord de la route. L'ermite, bien qu'il en tremblât d'envie, ne pouvait s'approcher de la visiteuse. Les espions étaient tout près. Ils essuyaient la sueur de leur front et écrasaient les moustiques. Ils avaient dû souffrir pour courir dans les bois à la même vitesse que la conseillère, qui pédalait, elle, sur une route bien plane.

La conseillère savait-elle qu'elle était suivie? S'était-elle abaissée à collaborer avec les fermiers et la police? Sanelma Käyrämö servait-elle d'appât? Voulait-elle elle aussi faire conduire Huttunen à l'asile, dans cette maison de fous où régnaient l'apathie la plus noire et l'inaction la plus sinistre?

« Gunnar! Gunnar chéri! C'est moi, je suis là! »

Huttunen n'osait pas se manifester. Il se risquait à peine à respirer. Il vit que Vittavaara avait un fusil à la main. Le prenait-on pour un meurtrier, à venir armé... Le gardien de la paix Portimo s'était assis sur une souche pour reprendre son souffle, mais lui aussi tenait les alentours à l'œil. Huttunen resta immobile dans son coin, couché au pied du sapin, serrant les

dents. Il avait le cœur fendu d'entendre la conseillère
appeler :

« Gunnar... où es-tu, mon pauvre chéri ? »

La femme attendit longtemps, mais comme la
sombre forêt silencieuse ne répondait pas à ses appels
répétés, elle finit par déposer son panier sur une touffe
d'herbe, le couvrit de son foulard et retourna tristement sur la route. Vittavaara avait l'air déçu. Il chuchota fiévreusement au gardien de la paix Portimo
quelque chose que Huttunen ne put saisir.

Les larmes aux yeux, la conseillère horticole
remonta sur sa bicyclette. Huttunen eut envie de pousser son hurlement le plus profond, plus sauvagement
que le plus gros des loups, que le plus cruel chef de
meute. Mais il se tint coi. La conseillère s'éloigna en
direction du village, disparaissant bientôt derrière un
tournant, hors d'atteinte.

Vittavaara et Portimo ne s'étant pas montrés à la
conseillère, Huttunen en conclut que Sanelma Käyrämö n'était pas des leurs. Elle n'avait pas trahi, elle
lui avait au contraire apporté à manger comme
convenu la semaine précédente. Les yeux injectés de
sang, Huttunen regarda le panier de vivres qu'elle lui
avait laissé.

Dès que la conseillère eut disparu, Vittavaara se
précipita pour examiner le contenu de la corbeille.
Portimo le suivit, jeta un regard contraint dans le
panier.

« Merde alors ! Du pain et du lard », claironna aigre-
ment Vittavaara en renversant la nourriture dans
l'herbe. Huttunen vit qu'il y avait une bouteille de lait
et plusieurs paquets enveloppés de papier sulfurisé.

Une odeur de pain aux raisins tout frais flotta jusqu'à ses narines.

« Et du pain aux raisins, bordel ! »

Vittavaara déchiqueta les paquets. Ils révélèrent du lard fumé, du cervelas, un paquet de café, du pain. Il y avait aussi au fond du panier plusieurs kilos de légumes frais - navets, carottes et betteraves. Un bouquet de soucis, soigneusement assemblé par Sanelma Käyrämö, roula sur le sol. Vittavaara l'empoigna et l'agita en direction de la forêt.

« Et des fleurs, nom de Dieu ! Si c'est pas indécent de fleurir les fous dans les bois ! »

Portimo remit les provisions dans le panier.

« Écoute, Vittavaara... la consultante a seulement voulu faire plaisir à Nanar. Si on y allait, Huttunen ne viendra plus, maintenant. »

Vittavaara rompit un gros morceau de la tresse de pain aux raisins et la fourra dans sa large bouche. Après avoir avalé quelques bouchées de l'odorante pâtisserie, il parvint à articuler :

« Goûte ! Les délices qu'on apporte aux brigands dans les bois, goûte, Portimo ! »

Portimo, au lieu de goûter, remballa la tresse dans son papier. Il posa le panier sur une souche et voulut s'éloigner. Mais Vittavaara passa l'anse du panier à son bras et, devant le regard étonné de Portimo, dit :

« Je m'en fous qu'il crève de faim. Je ne laisserai pas ce festin à Nanar. »

Pour marquer son propos, il écrasa les soucis qu'il tenait à la main contre un tronc d'arbre proche. Portimo regarda ailleurs, par hasard dans la direction de Huttunen. Il s'immobilisa, fixa longuement la forêt ;

les regards de l'ermite et du policier se croisèrent. Portimo toussota, gêné, et détourna les yeux. Il se dirigea vers la route et, de là, appela Vittavaara.

Le fermier, la bouche pleine, rejoignit Portimo. Il posa le panier le temps de jeter son fusil sur son épaule, puis empoigna l'anse et partit avec Portimo vers le village. Huttunen l'entendit bavarder bruyamment tout en mangeant du pain aux raisins. Portimo lui répondait à peine, plongé dans ses propres pensées.

Quand Huttunen, las et affamé, revint à son camp, une autre surprise de mauvais augure l'attendait. Il constata que le radeau n'était plus à sa place, près du foyer. Quelqu'un l'avait pris pour traverser la Vive et l'avait ancré sur l'autre rive. Qui, pourquoi ? Cette retraite écartée et sûre avait-elle quand même été découverte ? Les villageois connaissaient-ils l'emplacement du camp secret de l'ermite ?

Huttunen traversa à gué les rapides de la rivière, en amont, et récupéra son radeau. Il trouva sur les rondins des restes de poisson – entrailles et écailles argentées. Il fut rassuré. Son esquif avait simplement été utilisé par un pêcheur de passage. Il était peu probable qu'il eût même remarqué le camp derrière les broussailles de la rive.

Huttunen amarra le radeau cent mètres en aval. Puis il revint au camp, se prépara un frugal dîner qu'il compléta par une bolée de myrtilles agréablement sucrées. Mais ces pensées n'avaient rien d'agréable. Il éprouvait une rage impuissante contre les fermiers du canton. Ils étaient devenus ses persécuteurs, ses poursuivants, ses geôliers. S'il pouvait au moins les combattre à armes égales, d'homme à homme, tout s'arrangerait. Mais Huttunen, au nom de la loi, avait été mis en état d'infériorité, transformé en ermite à qui tout bien matériel était interdit, même la nourriture, et jusqu'à l'amour. On le traquait maintenant comme un criminel, on lui ôtait le pain de la bouche, on poursuivait jusqu'à sa femme comme si elle était une espionne.

Une fois reposé, l'ermite décida d'aller pêcher un jour ou deux aux sources de la Vive. Au filet, on ne prenait plus guère que des brochets, près du camp. Huttunen comptait que les eaux, en amont, seraient plus poissonneuses; il emporta une réserve de mouches de teinte rouge et quelques cuillers scintillantes. Il prit aussi du sel et du pain, car il pensait pouvoir se nourrir de poisson le long de la rivière. Il glissa sa hache à sa ceinture.

Il quittait à regret la jolie pointe du Logis, mais tant que l'été durait il devait consacrer tout son temps libre à pêcher, préparer les temps à venir où sa misère serait encore plus grande. En remontant à pied le cours de la Vive, Huttunen maudit Vittavaara.

« Sale accapareur de gâteau. »

24

Chez le commissaire, on tapait le carton. Jaatila avait invité le Dr Ervinen et le marchand Tervola à passer chez lui une paisible soirée de jeu. On avait commencé par quelques jeux de société peu exaltants, mais quand le Dr Ervinen eut versé plusieurs solides tournées d'eau-de-vie dans les verres à sherry, on avait décidé de poursuivre la soirée sous les aimables auspices du poker.

La bonne, que l'épouse du commissaire appelait sa femme de chambre, apparut sur le seuil de la pièce, fit une vague révérence et annonça qu'un homme désirait parler au commissaire. Jaatila ne voulait pas interrompre la partie – au lieu d'aller dans son bureau, il ordonna donc à la bonne de faire entrer l'homme. Il avait trois dames en main, deux sur la table, une, face cachée, en réserve. Il restait une dernière carte à tirer. Il était déjà sûr de battre le boutiquier, mais Ervinen, nom de Dieu, pouvait bien avoir un brelan. Jaatila relança malgré tout, suffisamment pour qu'Ervinen blêmisse. Mais le médecin pouvait aussi bien faire semblant d'être ennuyé. Vieux filou, va, pensa le commissaire.

C'est alors qu'entra un homme sentant la fumée et les vidures de poisson. Le commissaire lui demanda ce qu'il voulait à cette heure de la nuit. L'homme expliqua qu'il avait été pêcher du côté de mont Reutu, sur les terres de l'État, bien entendu.

« Et la pêche a été bonne ? » demanda distraitement le commissaire en tirant sa dernière carte. C'était un six de carreau, et donc pas la dame manquante, mais ce n'était pas la peine, à ce stade, d'en informer ses adversaires. Il avait, après la distribution des dernières cartes, le meilleur jeu étalé sur la table, avec deux dames à découvert. Le marchand abandonna la partie, mais Ervinen, qui avait l'air de préparer une quinte flush, paya et relança encore. Le médecin mit dans le pot le prix d'une belle carabine.

« La pêche a été bonne, oui », dit l'homme sur le pas de la porte en tendant le cou pour suivre le jeu. Il vit les cartes d'Ervinen par-dessus son épaule mais rien sur son visage ne révéla quelle main le médecin pouvait avoir. Le commissaire regarda l'homme droit dans les yeux, haussa les sourcils, mais le bonhomme détourna le regard.

« Alors comme ça la pêche a été bonne », fit le commissaire en couvrant la relance d'Ervinen. Quand ils montrèrent leurs cartes, il s'avéra qu'Ervinen avait bluffé. Sa carte première était un malheureux deux de pique. La froide réalité était que le commissaire raflait le pot. Il versa à boire à tout le monde, sauf au pêcheur en visite, auquel il demanda d'un ton officiel :

« Et qu'est-ce qui vous amène ? »

L'homme raconta qu'il avait trouvé au bord de la Vive un radeau tout neuf.

« Je me suis demandé qui donc pouvait l'avoir construit. Quand j'ai exploré le coin, figurez-vous que j'ai trouvé tout un campement, fraîchement construit lui aussi. C'est ce que je suis venu vous dire, commissaire, il y a un homme des bois installé au bord de la rivière. »

Le commissaire ne voyait pas très bien ce qu'il avait à faire avec un quelconque campement dans les bois.

« La forêt est pleine de radeaux et de huttes. Au diable si ça regarde les autorités. »

Le pêcheur, désarçonné, recula jusqu'à la porte, d'où il dit sur un ton d'excuse :

« Je me suis seulement dit que c'était peut-être ce Gunnar Huttunen, le meunier fou, qui avait construit le camp. C'est que j'ai entendu au village qu'il se serait échappé de l'asile et qu'il se cacherait dans les bois. »

Ervinen dressa aussitôt l'oreille, rappela l'homme. Il lui demanda à quoi ressemblait le camp.

« Il était tout neuf et bien construit. Il y avait un abri, une simple toiture en pente. Et du bois empilé pour plusieurs semaines. Puis il y avait un petit garde-manger planté sur un tronc. J'ai même trouvé un trou à merde dans les bois, et le radeau sur la berge, comme je vous l'ai déjà dit au début.

– C'était quel genre de travail, le radeau et le reste, demanda le commissaire.

– C'était fait comme par un charpentier. Même les perches des chiottes étaient bien rabotées. Il y avait aussi des pieux sur la rive pour faire sécher un ou deux filets.

– C'est Huttunen, conclut Ervinen. Le meunier est

adroit de ses mains, même si pour le reste la machine a des ratés. Allons le cueillir au nid. »

Le commissaire téléphona au gardien de la paix Portimo pour lui ordonner de réunir quelques hommes et de le rejoindre à sa résidence de fonction. Avec des armes. On irait dans deux voitures.

Une demi-heure plus tard, un groupe d'hommes se tenait devant la maison du commissaire : Portimo, Siponen, Vittavaara, l'instituteur Tanhumäki et même le valet Launola avaient été recrutés. Siponen, Vittavaara et Launola montèrent dans la voiture du docteur, les autres allèrent avec le commissaire. On emmena comme guide le dénonciateur empestant le poisson.

Les hommes roulèrent à vive allure jusqu'au carrefour du marais de Reutu, où ils descendirent de voiture. Le soir était tombé, mais il ne faisait pas encore trop sombre.

Le commissaire, sur la route, donna brièvement ses ordres : il expliqua qu'il fallait prendre Huttunen par surprise. On encerclerait le camp, on le détruirait, et on ferait prisonnier son occupant. Le pêcheur montrerait le chemin. Il fallait approcher en silence pour éviter que la proie ne prenne peur et s'enfuie.

« Est-ce qu'on peut tirer s'il file dans les bois, demanda Siponen au commissaire en agitant sa canardière.

— On va essayer de le surprendre, mais s'il attaque, vous pouvez tirer, c'est un cas de légitime défense. D'abord dans les jambes, quand même, et après seulement dans le ventre ou la tête. »

La troupe atteignit la Vive peu avant minuit. Les

hommes se déployèrent pour former une chaîne assez lâche et partirent en pataugeant vers l'amont, là où l'indicateur affirmait avoir trouvé le camp. Ils dépassèrent bientôt le radeau. Il avait été déplacé vers l'aval, constata le guide.

Le commissaire ordonna à voix basse qu'une partie du groupe contourne le camp, pendant que les autres resteraient postés de leur côté. Ils laissèrent le bord de la rivière sans surveillance, car ils ne pensaient pas que Huttunen fût assez fou pour se jeter dans un cours d'eau bordé d'un marécage mouvant. Les assiégeants encerclèrent silencieusement le camp; le commissaire siffla en guise de signal dans son appeau à gélinottes et les hommes commencèrent à resserrer le cercle. Ils rampaient sur les coudes et le ventre dans la terre humide. Ils avaient les genoux mouillés, mais l'excitation était telle que personne ne songeait à se plaindre.

En une demi-heure, l'étau était resserré autour du camp. Le commissaire donna le signal de la ruée. Hurlant et tonitruant, neuf hommes en armes surgirent de la forêt nocturne.

Mais le camp était désert. Personne ne dormait sous l'abri. Le piège s'était refermé à vide... Les troupes d'assaut se rassemblèrent autour du pêcheur pour donner leur point de vue sur le bien-fondé de la dénonciation. L'homme annonça qu'il rentrait chez lui et disparut dans les bois.

Vittavaara tira le sac à dos du petit grenier et vida son contenu par terre. Il examina attentivement chaque objet, comme pour voir s'il appartenait à Huttunen. Portimo jeta un coup d'œil au sac et déclara sèchement que c'était bien à Nanar.

« Il avait ce même sac au dos quand on est allé ensemble chasser le coq de bruyère du côté de la butte Couteau, l'hiver dernier, deux dimanches de suite. On en a ramené une demi-douzaine à chaque fois. Et pensez un peu, aucun de nous n'avait de chien. »

Le commissaire grommela :

« Tu choisis bien mal tes compagnons de chasse, pour un représentant de l'ordre.

— Nanar ne s'était pas encore échappé de l'asile, à l'époque », se défendit Portimo.

Le commissaire ordonna de monter la garde autour du camp. Les hommes retournèrent dans le bois. Défense fut faite de fumer ou de dire un seul mot. Il fallait rester allongé sans un bruit dans l'obscurité du sous-bois et attendre que Huttunen revienne au camp. On pensait qu'il n'était que momentanément absent. En le guettant, on pourrait encore le surprendre.

Mais les hommes attendirent toute la nuit, immobiles dans les fourrés, sans que Huttunen se montre. Les membres raidis par le froid et l'humidité, ils s'assemblèrent au petit matin au milieu du camp, où ils tinrent conciliabule.

« Inutile de rester plus longtemps à l'affût, dit Ervinen excédé. Il a éventé le piège... Il est peut-être en train de nous regarder de derrière un arbre en riant de nous. En ce qui me concerne, en tout cas, je ne resterai pas couché plus longtemps dans ce marécage humide à cause d'un fou. »

Launola soutint avec empressement le docteur. Siponen jeta à son valet :

« Toi, tu guettes Huttunen jusqu'à Noël si je te le dis. C'est moi qui te paye, vaurien.

– Ce n'est pas parce qu'il se trouve que je suis à votre service que je suis obligé de faire n'importe quoi. On ne peut pas comparer ça aux foins ou au bûcheronnage, ça me rappelle plutôt le front. »

Le commissaire mit fin à la dispute en déclarant qu'il était apparemment vain de continuer à surveiller le camp. Le meunier avait eu vent de quelque chose et se tenait caché. Il ordonna de détruire le campement. La troupe se mit au travail avec ardeur.

Vittavaara jeta le sac de Huttunen sur ses épaules. Siponen renversa l'abri et flanqua les branchages dans la rivière. Ervinen et l'instituteur démontèrent le grenier, dont les rondins finirent dans la Vive. Launola fut chargé d'arracher les perches installées à flanc de coteau. Il s'occupa aussi de combler la fosse d'aisances. Avant cela, le commissaire compta les déjections de Huttunen. Il en déduisit le nombre de jours que ce dernier avait passés au camp. Sur la berge, on fit rouler dans l'eau les pierres du foyer, on coupa la suspension et on cassa les pieux à filets. Pour achever la destruction, on détacha le radeau de Huttunen que le courant emporta. La seule chose qu'on ne put saccager fut le calendrier sculpté par l'ermite dans le tronc de l'arbre mort. La dernière marque avait été gravée deux jours plus tôt, constata le commissaire en comparant l'almanach de bois au sien.

« Sans matériel, Huttunen sera obligé de se montrer au village », pronostiqua le commissaire Jaatila. Je conseille à tous ceux qui sont ici d'être sur leurs gardes au cours des prochains jours. Pour la sécurité du village, nous devons arrêter le plus rapidement possible ce fou dangereux, afin de lui administrer un traitement efficace. »

Leur œuvre de destruction accomplie, les hommes prirent le chemin du retour. Ce fut sur ces entrefaites que Huttunen, longeant la rivière, s'approcha de son camp, portant accroché à un bâton plus de dix kilos de poisson. Il était content, et se disait que la première chose qu'il ferait en arrivant à la pointe du Logis serait de se préparer un bon café.

25

Le saccage de la pointe du Logis était consternant. Toutes les constructions de l'ermite avaient été systématiquement détruites. On avait emporté ses affaires, rien n'avait été épargné. Huttunen examina chaque pouce de l'ancien campement sans trouver un seul objet utilisable. Son esquif avait été lâché au fil de l'eau, on avait scié jusqu'aux planches de ses chiottes et le trou qui était dessous avait été comblé à la pelle.

D'épouvantables jurons s'échappèrent des lèvres de Huttunen.

Sa vie était de nouveau dans une impasse. Il savait qu'il ne pourrait pas se cacher longtemps dans la forêt sans matériel correct, sans protection contre les rigueurs de la vie sauvage. Il n'avait plus que les vêtements qu'il portait, quelques mouches et cuillers, un couteau et une hache.

L'ermite devina que le commissaire et les fermiers du canton avaient découvert et anéanti le camp. Il serra le manche de sa hache jusqu'à ce que ses jointures blanchissent, fixant le fer luisant d'un regard meurtrier.

Huttunen fit griller un peu de poisson sur un feu de bois, au bout d'une baguette. Maigre repas, d'autant plus que le sel avait été confisqué avec le sac. Il but par-dessus de l'eau de la rivière.

Huttunen enterra les poissons restants sous la cendre et abandonna sa pointe du Logis. Il passa la nuit suivante au sommet du mont Reutu, sur un tapis d'aiguilles de pin. Au milieu de la nuit, réveillé par le froid, il monta sur le plus haut rocher du mont et regarda d'un air furieux en direction du village.

Le bourg dormait paisiblement. Les hommes qui avaient détruit le camp de l'ermite y jouissaient de la tiédeur de leur lit. Huttunen poussa un hurlement menaçant, d'abord d'une voix sourde, puis à pleins poumons, un cri sonore et démentiel. Le hurlement insensé, porté par une nuit d'été limpide, atteignit le village. Les chiens s'éveillèrent au bruit, commencèrent à aboyer, la nuque hérissée. Ils donnèrent bientôt tous de la voix, jusqu'au plus petit roquet, jappant et clabaudant de toutes leurs forces. Ils essayaient de répondre au clair hurlement de Huttunen venu des rochers du mont Reutu. Au loin, on entendit les aboiements se propager dans tous les villages voisins et les chiens de la contrée ne se calmèrent qu'au petit matin, alors que Huttunen lui-même s'était rendormi sur les aiguilles de pin du mont Reutu.

Personne ne dormit cette nuit-là au village. Plusieurs fermiers allèrent en chaussettes sur leur perron écouter les hurlements, puis rentrèrent dire à leur femme :

« C'est Nanar qui hurle là-bas. »

Les bonnes femmes soupirèrent, effrayées, et remarquèrent :

« Il aurait fallu le laisser en paix. Il se plaint, le pauvre, maintenant qu'on lui a volé toutes ses affaires. »

Au matin, le commissaire Jaatila téléphona chez Siponen et ordonna à Sanelma Käyrämö de venir à son bureau car il avait des questions à lui poser.

Le commissaire n'obtint cependant rien de concluant de Käyrämö. La femme ne savait pas où le meunier Gunnar Huttunen pouvait actuellement se trouver. Le commissaire mit officiellement la conseillère en garde, aider le meunier était contraire à la loi. Huttunen avait besoin de soins et la vie du village devait retrouver son calme. Le commissaire bâilla, but du café fort. Avec le vacarme nocturne de Huttunen et des chiens du village, l'officier de police non plus n'avait pas dormi.

Dans la journée, le commissaire Jaatila et le gardien de la paix Portimo emmenèrent des chiens sur le mont Reutu pour retrouver la trace de Huttunen. Mais les cabots ne comprirent pas qu'ils devaient suivre la piste du meunier. Ils ne partirent pas à sa recherche, bien qu'on leur eût fait renifler ses vêtements. Ils se lancèrent avec enthousiasme à la poursuite d'un écureuil, sur les pentes du mont. Le commissaire Jaatila, dépité, tira au pistolet sur l'animal, bien qu'il n'eût que faire d'une peau de rongeur. Il est difficile d'atteindre du petit gibier avec une arme de poing. Le commissaire dut tirailler encore et encore. Il vida tout un chargeur sur la boule de poils roux qui s'enfuyait d'arbre en arbre, les chiens à ses trousses. Le commissaire furieux poursuivit le fuyard empanaché, réveillant tous les échos du mont Reutu, mais laissa échapper sa proie, faute de munitions. Le gardien de la paix Portimo fit enfin tomber l'écureuil d'un coup de fusil, pour la plus grande joie des chiens. Il tendit le petit corps sanglant au commissaire, mais son supérieur refusa le cadeau et flanqua sauvagement la bestiole dans les broussailles.

Les chiens n'acceptèrent pas facilement de quitter les bois. Le commissaire abandonna Portimo sur le mont Reutu, avec pour mission de récupérer les cabots déchaînés. De retour au village, il dut expliquer aux habitants qu'il rencontra les raisons de la fusillade. Amer, il se retira dans son bureau.

Il reçut fort à propos un coup de téléphone de l'asile d'Oulu, d'où l'on demandait si un patient neurasthénique, un certain Huttunen, avait été retrouvé. Le commissaire grogna dans le combiné qu'on n'avait pas encore rattrapé l'homme, mais que ce n'était pas faute d'avoir essayé.

« Pourquoi diable avez-vous laissé échapper ce fou! Vous êtes supposés avoir des murs de brique et des verrous, mais vous laissez les types sortir, comme ça. Vous feriez mieux de surveiller vos tarés de plus près », tempêta le commissaire dans le téléphone.

A Oulu, on rétorqua froidement que le malade mental en question n'était pas de chez eux, mais justement de ce canton, où il semblait y avoir des fous dans d'autres emplois que celui de meunier, et qu'il revenait au commissaire de l'attraper. Des propos acides et stériles furent longuement échangés quant à la question de savoir qui était responsable de la capture de Huttunen, jusqu'à ce que le commissaire, excédé, raccroche brutalement.

La nuit suivante, Huttunen ne hurla pas. Il se rendit au village. L'ermite rôda autour des maisons, passa aux rapides de la Bouche récolter dans son potager associatif quelques tubercules – navets et carottes – pour tromper sa faim. Il n'entra pas dans le moulin car il craignait qu'il ne fût gardé.

L'exécrable chien des Siponen ne se réveilla pas quand Huttunen se glissa derrière la maison, par la forêt. Les habitants dormaient dans la salle et la chambre du bas, mais de la lumière brillait à l'étage. La conseillère horticole n'était donc pas endormie. Huttunen lança un petit caillou dans le carreau et se dissimula pour attendre à l'abri des groseilliers. La lumière s'éteignit bientôt dans la chambre. La fenêtre s'ouvrit et la tête bouclée de la conseillère parut au-dehors. Elle scruta le jardin, les yeux gonflés d'avoir pleuré. Huttunen sortit des buissons, murmura à sa bien-aimée :

« As-tu tiré mon argent de la banque, Sanelma chérie ? Jette-moi la bourse ! »

La jeune femme secoua tristement la tête, susurra une réponse, puis, voyant que Huttunen n'entendait pas, laissa tomber dans le jardin un petit bout de papier. Huttunen saisit le feuillet, où il était écrit :

... La Caisse regrette de ne pouvoir vous remettre votre épargne et vos intérêts... Respectueusement vôtre. A. Huhtamoinen, Directeur de la Caisse.

Huttunen ne comprenait pas. Il chuchota fiévreusement, lança des questions vers le haut et gesticula si bien que le chien des Siponen, devant la maison, s'éveilla en sursaut et se mit à aboyer d'une voix ensommeillée. Sanelma Käyrämö prit peur, griffonna quelques mots sur un morceau de papier et le jeta à Huttunen. Il lut :

Cher Gunnar. Rendez-vous demain à 6 heures du soir dans la forêt, derrière le dépôt à lait de Vittavaara.

L'ermite se retira dans les bois pour réfléchir à la situation. Les aboiements du chien avaient réveillé Siponen. En caleçon, le fusil à la main, il sortit dans le jardin, alla vérifier dans le bûcher et le sauna, écouta longuement la nuit silencieuse, regarda la forêt dans la même direction que le chien, puis, ce dernier ayant cessé d'aboyer, le gronda et rentra dans la maison, toujours en chaussettes.

Huttunen mangea quelques navets, les coupant en lamelles avec son couteau. Il essaya de comprendre pourquoi diable le directeur de la banque avait refusé de remettre son argent à la consultante. De quel droit Huhtamoinen avait-il agi de façon aussi immonde ? Huttunen fut saisi de fureur contre le banquier. Il cacha les navets restants dans un trou sous la mousse et partit en courant vers la banque, à travers la forêt.

La Caisse du canton se trouvait au rez-de-chaussée d'une maison de pierre. Le directeur Huhtamoinen habitait au premier avec femme et enfants, ainsi sans doute que l'un des employés, car l'étage semblait trop vaste pour une seule famille. Huttunen étudia le bâtiment dans le coffre duquel gisait sa fortune, projetant de s'y introduire et de reprendre son bien. Mais il ne pourrait se servir dans le coffre qu'à coups de dynamite. Il valait mieux aller régler ses affaires à la banque pendant les heures d'ouverture. Inutile pourtant d'y aller les mains vides. Une simple hache semblait une arme trop anodine pour la situation. Un fusil serait un moyen plus sûr d'obtenir son dû à la caisse.

Huttunen se rappela la belle collection d'armes d'Ervinen. Il pouvait très bien chiper un fusil au docteur. Il lui en resterait bien assez pour ses propres besoins, surtout que la chasse n'était pas encore ouverte.

Le soir suivant, Huttunen retrouva la conseillère horticole dans les bois, derrière le dépôt de lait de Vittavaara. La femme avait si peur qu'elle en tremblait. Huttunen chuchota des mots d'amour dans l'oreille de la consultante, passa un bras protecteur autour de ses épaules, la tranquillisa, la questionna. Sanelma Käyrämö raconta toutes les terribles choses qui s'étaient passées depuis leur dernière rencontre. Elle proposa de l'argent à Huttunen, mais il refusa.

« Tu as un si maigre salaire, ma pauvre chérie, garde-le. Je me débrouillerai bien pour trouver de l'argent. »

Huttunen demanda à la conseillère de téléphoner dans la soirée au Dr Ervinen, pour lui dire qu'on le demandait d'urgence à vingt kilomètres de là, au lac de la Souche.

« Dis-lui qu'on a besoin d'un médecin pour l'accouchement au forceps de la servante de la ferme de la butte Couteau. »

Quand la conseillère s'inquiéta de savoir pourquoi elle devait débiter de tels mensonges au docteur, Huttunen lui expliqua qu'il voulait qu'Ervinen soit absent de chez lui pendant un certain temps. S'il allait en visite dans un hameau écarté, Huttunen aurait le temps d'explorer en toute quiétude le logement de fonction du médecin.

« J'ai besoin de ces comprimés d'Ervinen. Il a des calmants dans son armoire près de la cheminée. Je l'ai vu les y prendre, la dernière fois. »

Sanelma Käyrämö comprenait que Huttunen eût besoin d'un tranquillisant. Mais elle continuait d'avoir peur.

« C'est quand même du vol... et ce n'est pas bien de donner un coup de fil anonyme au docteur. Et personne n'attend d'enfant au lac de la Souche, ils n'ont même pas de fille de ferme. »

Huttunen convainquit la jeune femme de faire ce qu'il lui demandait. N'était-il pas question, indirectement, d'un acte médical ? Il était quand même malade, personne ne pouvait le nier. Évidemment, tout cela n'était pas très licite, mais la fin justifiait les moyens. La tête de Huttunen ne résisterait pas longtemps à ces tensions. Si le meunier allait à la pharmacie acheter des médicaments, on le jetterait immédiatement en cellule et on l'expédierait à l'asile par le premier train pénitentiaire. N'est-ce pas ?

Sanelma Käyrämö promit d'appeler Ervinen le soir même. Elle craignait que le docteur ne la reconnaisse, mais Huttunen lui assura que toute femme était capable de changer sa voix, puisque la plupart des hommes eux-mêmes pouvaient parler de plusieurs façons différentes.

« Bon, j'appellerai. Je n'oserai jamais parler de la ferme de la butte Couteau, mais il y a une Leena Lankinen, au lac de la Souche, qui est enceinte. Je dirai qu'elle menace de faire une fausse couche. »

La conseillère horticole décrivit sa visite à la banque et raconta que le commissaire l'avait interrogée, pressée de questions et menacée. Huttunen se fâcha, déclarant que l'abus de pouvoir allait vraiment trop loin.

« Pourquoi donc s'en prendre à une innocente! Tu ne t'es pas échappée de l'asile, toi, tu es saine d'esprit. Ils pourraient au moins laisser les femmes tranquilles. Ça ne leur suffit pas de me poursuivre jour et nuit! »

Avant que le couple ne se sépare, la conseillère donna à Huttunen un baiser et une demi-livre de lard fumé. Huttunen resta dans la forêt, transporté de bonheur, le délicieux morceau de lard à la main et le souvenir des lèvres chaudes de la consultante sur la bouche. Quand Sanelma Käyrämö se fut éloignée sur sa bicyclette, l'ermite sortit la viande de porc de son emballage de papier sulfurisé et la dévora jusqu'à la couenne, tellement il avait faim.

26

La montre de poche de Huttunen marquait huit heures. L'ermite était embusqué dans les bois derrière la maison d'Ervinen. Bientôt, ce dernier se précipiterait, brusquement requis pour un accouchement au forceps au lac de la Souche.

Peu après huit heures, le docteur sortit de chez lui, l'air pressé et agacé. Il avait sa sacoche et des bottes de caoutchouc aux pieds. La conseillère horticole Sanelma Käyrämö avait donc donné l'alerte.

Ervinen mit sa voiture en marche à la manivelle et partit à vive allure vers le lac de la Souche. Dès que le véhicule eut disparu, Huttunen alla essayer la porte de la maison. Elle était fermée à clef. Huttunen dut entrer par le soupirail de la cave.

Une fois à l'intérieur, il alla directement dans la pièce du fond se choisir une bonne arme de chasse. Il n'avait que l'embarras du choix – il y avait au mur un fusil à plombs, une carabine de précision, un fusil pour tirer l'élan, un fusil de chasse à balles et une arme mixte avec deux canons, l'un tirant des plombs, l'autre des balles. Huttunen décida de n'emporter qu'une arme, le fusil à balles. Il trouva des munitions en quantité dans le tiroir du bureau. Un fusil léger convenait parfaitement à ses besoins. Il pouvait en cas de nécessité abattre un élan avec, mais il n'était pas trop gros pour tirer du gibier à plumes.

Huttunen décida de subtiliser par la même occasion d'autres objets utilitaires – il pensait dédommager un jour le médecin de leur perte. Nécessité faisait maintenant loi, car sans matériel adapté il ne survivrait pas dans la forêt. Il l'avait à portée de la main, et qui donc pouvait empêcher l'ermite de prendre ce dont il avait besoin ? Le commissaire et les villageois, Ervinen le premier, avaient accaparé toutes ses possessions. Huttunen ne faisait que leur rendre la pareille.

Ervinen avait un superbe sac à dos, bien supérieur à celui confisqué à Huttunen. Il était d'ailleurs normal qu'un médecin eût un meilleur sac qu'un simple meunier. Le matériel de pêche aussi était à la hauteur. Il aurait pu y avoir plus de mouches, mais la collection de cuillers était fantastique. Les ustensiles de camping étaient si nombreux que le choix était difficile. Huttunen entassa le tout dans le sac, passa dans la chambre prendre une épaisse couverture qu'il roula sur le dessus. Il s'empara d'une paire de jumelles neuves à fort grossissement qui pendait au mur. Une boussole et une sacoche à cartes, avec des relevés topographiques de la région, allèrent rejoindre le fourniment de l'ermite.

Quand tout le nécessaire fut emballé, Huttunen jeta un dernier coup d'œil autour de lui, comme on le fait lorsqu'on sort de chez soi – pour être sûr de n'avoir rien oublié. Il se dit qu'il serait peut-être plus poli de laisser un mot sur la table, expliquant qui était passé dans la maison et pourquoi. Mais il se souvint de la destruction systématique de son propre camp. Il repoussa vivement l'idée, furieux.

« Personne n'a laissé de mot d'excuse au bord du marais de Reutu. C'est au tour de ce morticole de souffrir! Pourquoi a-t-il fallu qu'il me déclare fou. »

Huttunen sortit de la maison par où il était entré. Il passa silencieusement du jardin à la forêt et, contournant le village, se dirigea vers la rive du Kemijoki. Il valait mieux se retirer pour la nuit à l'ouest du fleuve, car on le chercherait sûrement dans les solitudes du mont Reutu.

Impossible de franchir le Kemijoki par le bac public. L'ermite dut emprunter au bord de l'eau une barque qu'il conduisit sur l'autre rive et cacha sous les arbres, à l'embouchure d'un ruisseau. Il gagna, à quelques kilomètres du fleuve, une sapinière touffue où il passa la nuit, roulé dans la couverture du Dr Ervinen. Au matin, il retourna à la barque, emportant seulement le fusil et deux poignées de cartouches. Il poussa l'embarcation à l'eau.

« Il est temps d'aller à la banque. »

L'ermite traversa les bois, tel un fantôme, jusqu'à l'arrière de l'établissement bancaire du village. Il était si tôt que la caisse n'était pas encore ouverte. Huttunen décida d'attendre le début des heures de bureau. Il chargea son fusil.

Dès que la banque fut ouverte, il entra, l'arme à la main. Les employés prirent peur, le caissier bondit comme une flèche vers la pièce du fond, appelant le directeur Huhtamoinen. L'employée restée au comptoir, blême, attendait la mort. Un malade mental entrant dans une banque le fusil au poing suscitait une crainte légitime. Huttunen ne se mit cependant pas à tirailler, mais annonça tranquillement à la préposée :

« Je suis venu retirer mes économies. En totalité, avec les intérêts. »

Le directeur Huhtamoinen se précipita dans la salle. Il était dans tous ses états, tentant d'argumenter.

« Monsieur Huttunen, vous ici... l'argent de votre compte est là, bien sûr, dans nos coffres, mais je ne devrais pas vous le verser, en réalité... »

Huttunen fit mine d'armer son fusil.

« Cet argent est à moi. Je ne veux pas de celui des autres, je prendrai seulement ce qui me revient. »

Huhtamoinen bafouilla, terrorisé :

« Je ne conteste absolument pas que vous ayez ici un compte d'épargne et même des fonds... mais ils ont été mis sous séquestre. Le conseil de tutelle de la commune les a transférés sur son propre compte. Nous avons reçu d'Oulu des papiers nous informant que vous aviez été placé sous tutelle... Vous devez obtenir l'accord du fermier Vittavaara pour pouvoir retirer votre argent. Je pourrais lui téléphoner, il me donnerait peut-être l'autorisation de vous payer.

– Personne ne téléphone nulle part. D'ailleurs vous appelleriez de toute façon le commissaire. Et que diable Vittavaara a-t-il à voir avec mon argent ? Le revenu de sa forêt ne lui suffit plus ? »

Le banquier expliqua que Vittavaara était le président du conseil de tutelle de la commune et qu'en cette qualité il décidait des affaires financières des personnes sous tutelle.

« A part cela, toutes ces histoires de comptes ne me regardent aucunement, jura Huhtamoinen.

– Je vais quand même retirer cet argent. Où est-ce que je signe ? »

L'employée, d'une main tremblante, glissa un reçu sur le comptoir, Huttunen le signa et le data. Huhtamoinen compta l'argent sur la table. Il n'y en avait pas beaucoup, mais quand même suffisamment pour tenir quelques mois.

On entendit la voix du caissier dans la pièce du fond. Huttunen alla voir ce qu'il faisait et le trouva en train de parler au téléphone. Huttunen lui fit remarquer que ce n'était pas le moment d'appeler qui que ce soit. L'employé effrayé raccrocha.

Ayant réglé ses affaires d'argent, le meunier annonça à Huhtamoinen que s'il avait un jour des fonds de réserve, il ne les confierait pas à un établissement financier, mais les placerait en obligations de l'État.

« Je n'ai pas confiance dans des banques où on ne vous laisse accéder à votre compte qu'avec un fusil. »

Huhtamoinen essaya de minimiser l'incident.

« Ce n'est en aucun cas de la faute de la banque. Nous sommes seulement tenus de respecter la loi et les instructions des autorités, si rude et désagréable que cela puisse être... Dans cette affaire, il y a surtout eu beaucoup de malentendus. Mais ne nous retirez pas votre confiance, monsieur Huttunen. Je ne dirais même pas que votre intervention est un vol à main armée, il s'agit en réalité de tout autre chose. Quand cette histoire sera éclaircie, je souhaite que vous reveniez traiter vos affaires dans notre banque. Les vieux clients sont pour nous des amis, vous pouvez en être assuré. Je pense que nous pourrions même parler de possibilités de prêt... dans le futur bien entendu. »

Huttunen regagna rapidement la forêt. Dans la banque, on resta un moment sous le choc de l'événement, jusqu'à ce que le caissier coure téléphoner au commissaire. Le directeur se chargea lui-même de la déclaration. Il expliqua que le meunier Gunnar Huttunen venait de s'introduire de force dans la banque, armé d'un fusil.

« Il a dévalisé la banque. Le butin n'est pas très important, les économies de Huttunen le couvriront sans problèmes. Mais le pillage d'une banque est un crime grave, et j'espère que tu vas réunir des hommes pour lui donner la chasse. Huttunen vient à peine de disparaître dans la forêt.

27

L'ermite courut à travers la forêt bordant le village jusqu'à la berge du Kemijoki. Il sauta dans la barque et franchit le fleuve impétueux, faisant voler les avirons. Le commissaire organiserait certainement une gigantesque battue, il n'y avait pas de temps à perdre.

La nouvelle de la visite de Huttunen à la banque avait déjà atteint la rive ouest du fleuve, car plusieurs voitures se pressaient pour prendre le bac. Une dizaine d'hommes étaient à bord avec leurs bicyclettes et presque tous avaient une arme sur l'épaule. Huttunen croisa le bac, deux cents mètres environ en aval. On lui cria :

« Holà, l'homme! Viens avec nous au village. Le Nanar Huttunen a dévalisé la banque et volé à Ervinen son attirail de pêche et un fusil! »

Comme Huttunen ne répondait pas et continuait à souquer, quelqu'un constata :

« Il entend pas. Criez plus fort. »

On beugla si fort, sur le bac, que Huttunen fut

obligé d'arrêter de ramer et de répondre. Il enfonça sa casquette sur ses yeux et lança :

« J' passe à la gare et j' vous suis! »

Cela suffit aux hommes, Huttunen put s'échapper. Il tira la barque sur le bord du ruisseau et s'élança dans les bois. Le temps pressait. Heureusement, on ne l'avait pas reconnu au passage du bac.

Le meunier récupéra son sac. Il étudia un moment les cartes d'Ervinen puis s'enfonça dans les hautes futaies de l'ouest du Kemijoki en direction de la butte Couteau, qu'entouraient sur trois côtés de vastes étendues marécageuses. Au pied de l'un des versants de la colline serpentait le petit ru du Couteau. L'endroit était distant d'une bonne dizaine de kilomètres. Huttunen pensait y être en sûreté, au moins pour commencer. Le commissaire devrait rassembler des centaines d'hommes s'il voulait ratisser les bois jusqu'à la butte Couteau. De toute façon, les recherches se porteraient au début sur la rive est du Kemijoki, dans les solitudes du marais de Reutu.

Huttunen passa la journée à paresser sur la butte Couteau. Comme son nom l'indiquait, c'était une haute colline couverte de sapins élancés, aux cimes affûtées comme une lame. De temps à autre, Huttunen braquait ses jumelles vers l'est, au-delà du ru du Couteau et des grands marais, pour voir si ses poursuivants avaient trouvé sa piste.

Huttunen compta et recompta son argent. Il y avait au centime près la somme qu'il avait économisée au fil des ans, plus les intérêts. L'ermite projeta d'aller faire quelques courses dans le canton voisin, quand le calme serait revenu dans les bois. Le matériel de pêche d'Ervinen lui serait maintenant utile, et rien ne l'empêcherait de tirer quelques oiseaux pour se nourrir. Il examina l'arme. Beau fusil – un engin de qualité, équipé d'un chargeur de cinq balles et d'une lunette de visée. Ce n'était pourtant pas le moment de l'essayer, car le moindre coup de feu mettrait sur sa piste les traqueurs déployés dans la forêt.

Vers le soir, Huttunen sursauta – quelqu'un venait de bouger au bout de ses jumelles. Un petit homme voûté avait surgi derrière la tourbière, portant sur son dos un fardeau visiblement pesant. Huttunen mit au point sur la silhouette. Que transportait-elle ? On aurait dit que l'homme pliait sous le poids d'un énorme récipient, d'un tonneau noir. Il y avait environ deux kilomètres de la lisière du marais à la butte, il était difficile d'être sûr de la nature du chargement. On voyait cependant que l'homme était terriblement pressé. Il courait en s'enfonçant dans la tourbière mouvante et, malgré sa lourde charge, prenait à peine le temps de souffler. Il se dirigeait droit à travers le marécage vers la butte Couteau. Huttunen chargea le fusil et attendit l'arrivant. Si l'homme était seul, comme il en avait l'air, il n'avait pas besoin de se sauver sur-le-champ. Il dissimula malgré tout son sac parmi les rochers de la rive du ru du Couteau.

L'homme approchait, courant à moitié. Huttunen distingua à travers ses jumelles, sur son dos, un récipient noir de suie, d'au moins cinquante litres de contenance. Au rythme de sa course, on entendait dans le marais le heurt étouffé d'objets métalliques.

Sous son bras, l'homme semblait porter des perches ou des tuyaux.

Il s'arrêta enfin à portée de fusil de la butte, déposa son fardeau, aspira quelques goulées d'air et repartit en courant dans la direction d'où il était venu. Sans rien à porter, sa course était rapide. Le petit bonhomme semblait en proie à une hâte d'enfer.

Huttunen s'étonna : pourquoi l'homme avait-il traîné cette marmite jusqu'ici, au milieu de ce marais désolé ? Pourquoi tant d'efforts ?

L'énergumène disparut dans les bois derrière le marécage. Huttunen eut envie d'aller regarder le matériel trimbalé par le bonhomme, mais quelque chose le retint d'approcher du tonneau. Qui sait pourquoi cet équipement avait été transporté là à si grand-peine ? Peut-être s'agissait-il d'une gigantesque bombe destinée à attirer la curiosité de l'ermite et à le piéger. La cruauté de l'homme est grande et son esprit rusé – mieux valait rester éloigné le plus longtemps possible de ce fourbi.

Au bout d'un moment, l'homme resurgit du bois bordant le marécage, un nouveau chargement, peut-être encore plus lourd que le premier, sur le dos. Voilà pourquoi il était reparti – il avait d'autres marchandises à convoyer dans cette tourbière inhabitée. Huttunen observa l'étrange manège de l'homme à travers ses jumelles. Cette fois-ci, il avait sur le dos un récipient aux flancs brillants, plus petit que le précédent. Le pot était si lourd que le bonhomme n'avait pas la force de courir, mais il marchait vite, droit vers la butte Couteau et vers le tonneau noir l'attendant sur la mousse.

Quand l'homme fut plus près, Huttunen constata qu'il traînait sur son dos un bidon à lait de vingt litres. Il était certainement plein, à voir comment les pas du porteur s'enfonçaient dans le marais. Arrivé au premier tonneau qu'il avait apporté, l'homme laissa tomber le bidon, respira un coup, puis chargea le récipient noir sur son dos. Huttunen échangea ses jumelles contre son fusil, ôta le cran de sûreté et attendit la suite des événements. Apparemment, l'homme se dirigeait avec ses bidons vers la butte d'où Huttunen l'observait. Le meunier se mit à l'abri des sapins, prêt à tirer. Comment savoir quelles intentions le mystérieux porteur de pots pouvait avoir à son égard ?

Ce n'est que quand le bonhomme escalada la butte que Huttunen le reconnut. Le trimbaleur de tonneaux n'était autre que le postier du village, le facteur Piittisjärvi! Huttunen, tout comme les autres villageois, le connaissait bien. C'est un bon bougre, bien que désespérément buveur, mais combien d'hommes, même de valeur, ne s'abîment-ils pas dans l'alcool... Huttunen se détendit – l'arrivant, avec son bagage, n'était à coup sûr pas envoyé par le commissaire Jaatila. Piittisjärvi était un petit maigrichon d'une cinquantaine d'années déjà veuf avant la guerre, un type jovial mais pas bon à grand-chose qui vivait depuis son veuvage de son maigre salaire de postier, manquant toujours d'argent mais rarement de boisson forte. Il distribuait souvent les lettres en titubant, ou portait les paquets avec une gueule de bois à faire pitié. A jeun, c'était un père tranquille plutôt accommodant, mais quand il avait bu, bien des personnages importants du canton avaient entendu leurs quatre vérités de sa bouche, car l'alcool incitait Piittisjärvi à claironner ce qu'il pensait de ceux que la vie avait plus gâtés que lui.

Haletant bruyamment, Piittisjärvi gravit la butte. Il posa sur la mousse le tonneau plein de suie et quelques tuyaux. Il fumait comme un cheval harassé, ses mains tremblaient de l'intensité de l'effort. Ses traits étaient creusés, la sueur dégoulinait le long de ses rides. Il s'essuya la face dans sa marche crasseuse et tint un moment sa main sur sa poitrine. Un épais nuage de moustiques l'avait accompagné depuis le marais, mais il était si fatigué qu'il n'avait pas la force de chasser les suceurs de sang de son visage. Il fit demi-tour et repartit vers le marécage chercher le bidon qu'il y avait laissé.

Quand Piittisjärvi eut enfin réussi à traîner tout son barda sur la colline, il se calma enfin, s'assit sur le couvercle du bidon à lait et sortit une cigarette. Il était si éreinté qu'il ne parvint à l'allumer qu'à la troisième tentative, les allumettes s'éteignaient entre ses doigts tremblants.

« Bordel de bordel... »

L'homme était épuisé et amer, ce qui n'étonna guère Huttunen car trimbaler un tel fardeau à travers un marécage mouvant, Dieu sait d'où, ne pouvait qu'assombrir l'esprit le plus enjoué. Le meunier sortit de l'abri des arbres, le fusil à la main.

« Salut, Piittisjärvi. »

Le facteur eut si peur que sa cigarette roula dans la mousse. Mais quand il reconnut Huttunen, ses craintes se dissipèrent et un sourire fatigué éclaira le visage ridé du bonhomme.

« Nanar, mon Dieu! C'est là qu' t'es venu! »

Piittisjärvi ramassa sa cigarette, en offrit une à Huttunen. L'ermite demanda au postier ce qu'il faisait à la butte Couteau. Quels diables de pots traînait-il au fin fond des bois?

« T'as jamais vu un alambic? »

Piittisjärvi expliqua qu'il avait installé sa distillerie clandestine à son endroit habituel, sur le mont Reutu. Le jus avait déjà eu le temps de fermenter. Le matin même, il avait décidé de le mettre à bouillir. Mais, dès l'aube, la forêt avait perdu sa tranquillité. Des hommes avaient parcouru les pentes du mont, le fusil sur l'épaule. Des chiens avaient aboyé et on avait crié le nom de Huttunen. Des coups de feu de ralliement avaient retenti, faisant résonner toute la contrée.

« Tu comprends que je me sois tiré en vitesse. J'ai dû évacuer toute mon installation. J' l'ai traînée toute la journée à travers les bois, d'abord à l'est du Kemijoki, puis en barque par-dessus le fleuve, même que le bateau a failli verser dans la pagaille. Puis jusqu'ici, à une allure du feu de Dieu toute la journée! Crois-moi, il n'y a plus une seconde de tranquillité dans les bois de l'est. Je peux le dire, j'ai jamais eu aussi chaud aux fesses de ma vie. »

Piittisjärvi tira longuement sur sa cigarette. Il regarda son bidon de jus fermenté, sa cuve et ses tuyaux, sourit béatement.

« Mais j'ai sauvé ma fabrique des griffes de ces chiens! Pendant la guerre, quand il y a eu la retraite, j' me suis trouvé un peu dans la même situation. Moi et un autre type, on est restés les der-

202

niers, dans l'isthme, avec une mitrailleuse. Quand on a décampé, ça a été un sacré boulot de la traîner. Mais trimbaler l'alambic était encore plus dur. Ça fait maintenant deux fois que je me retrouve à courir toute la journée pour échapper à des bons-hommes armés. »

Huttunen s'émut du sort de Piittisjärvi. Il déclara qu'il n'avait jamais eu l'intention de faire ainsi trimer le facteur. Mais le sympathique bonhomme l'interrompit d'un geste bienveillant.

« T'en fais pas, Nanar. Je ne t'accuse pas, c'est le commissaire le grand responsable de tout ce cirque. Prends plutôt une autre cigarette ! »

28

La nuit même, Piittisjärvi et Huttunen installèrent
l'alambic du postier dans les buissons de la rive du ru
du Couteau. Piittisjärvi aurait tout de suite voulu
mettre le jus à bouillir, car il avait suffisamment fermenté, et lui-même avait la bouche terriblement
sèche. Mais la nuit était claire et sans vent. La fumée
s'élevant au bord du ruisseau aurait pu révéler
l'emplacement de la distillerie. Ce n'est qu'au matin,
quand le vent se mit à souffler, qu'ils allumèrent sous
la cuve un petit feu de bois sec et qu'ils y versèrent le
jus à l'odeur puissante. Huttunen, avec le bidon resté
vide, alla puiser de l'eau dans le ruisseau et en remplit
le bac de refroidissement. Dès que la vapeur d'alcool
atteignit les tubes, elle se condensa et commença à
couler goutte à goutte dans le récipient qui l'attendait.

Piittisjärvi goûta ce premier distillat, grimaça, ravi,
et tendit le godet à Huttunen. Ce dernier préféra
cependant s'abstenir de toucher au produit, expliquant
que la sobriété lui paraissait actuellement une bonne
chose.

« T'es cinglé de pas vouloir de gnôle », s'étonna

l'ivrogne. Mais après avoir réfléchi un moment aux avantages de l'abstinence de son compagnon, il cessa de vouloir lui proposer à toute force à boire.

« Y en aura plus pour moi, comme ça. »

Huttunen décida d'aller lancer quelques mouches dans le ruisseau. Avant de partir il porta encore au bouilleur un plein bidon d'eau de refroidissement.

Revenu près de l'alambic avec deux truites saumonées, Huttunen trouva Piittisjärvi dans un état d'ivresse déjà bien avancé. Le postier suggéra que l'ermite, qui avait les idées plus claires, se charge de faire la cuisine, tandis que lui-même consacrerait son temps à se soûler consciencieusement.

Avant qu'il ne s'y mette, toutefois, Huttunen fit griller les poissons sur le feu qui brûlait sous la cuve. Piittisjärvi avait du sel et du pain, ainsi qu'un morceau de lard salé. Ils mangèrent la chair rouge des truites avec les doigts, saupoudrant de sel le poisson grésillant de chaleur et l'accompagnant de bouchées de pain. Huttunen reconnut qu'il y avait longtemps qu'il n'avait pas mangé convenablement, pas depuis le saccage de son campement dans le marais de Reutu. Piittisjärvi, quant à lui, avait mangé deux jours plus tôt, quand il était passé à la poste chercher les lettres et les journaux. Mais en général il ne mangeait pas beaucoup l'été, pris qu'il était par le courrier à porter et l'alcool à bouillir.

« J' mange mieux l'hiver, quand je suis pas si pressé. Pendant la saison froide, je me fais à manger presque tous les jours, bien que je sois seul. »

Piittisjärvi proposa à Huttunen une fructueuse collaboration. L'un surveillerait le fonctionnement de

l'alambic pendant que l'autre ferait son métier de facteur. Trois jours par semaine, Piittisjärvi devait porter
le courrier jusqu'à la gare et dans deux villages voisins.
Les autres jours lui suffisaient à peine pour distiller sa
gnôle, car il fallait bien prendre aussi le temps de
boire. En échange, le facteur promit de s'occuper de
tout ce qui concernait le courrier de Huttunen. Ce
dernier se demanda quel courrier il pourrait bien recevoir dans ces solitudes.

« Il n'y a qu'à prendre un abonnement aux *Nouvelles du Nord*! On va te mettre ta boîte aux lettres
dans les bois près de la gare. J' te porterai tes journaux
et tes lettres comme aux autres citoyens. Et tu peux
aussi envoyer des lettres, je me chargerai de les
remettre. Écris donc à la nouvelle conseillère horticole. Y paraît qu'elle t'a à la bonne. »

Huttunen réfléchit. Il devrait sûrement écrire à
Sanelma, l'idée n'était pas mauvaise. Quant aux journaux, il n'en avait pas lu depuis qu'on l'avait conduit à
l'asile d'Oulu.

Les hommes convinrent de s'entraider. Ils se demandèrent pour combien de temps il fallait commander
les *Nouvelles du Nord*. Ils conclurent qu'un abonnement d'un an serait une dépense inutile, puisque la vie
de l'ermite se trouvait pour le moment placée sous le
signe de l'incertitude. Huttunen confia au postier le
montant d'un abonnement trimestriel et Piittisjärvi
promit de l'expédier dès qu'il irait au village.

Huttunen traça une courte lettre à l'intention de
Sanelma Käyrämö. Il trouva dans son portefeuille le
papier du reçu de la banque, mais il n'avait pas de
crayon. Il dut griffonner avec une baguette enduite de
suie.

Huttunen étala devant son compagnon les cartes d'Ervinen. Ils choisirent ensemble l'endroit où l'ermite construirait son nouveau camp et où l'on transporterait la fabrique à gnôle. Ils se mirent d'accord sur une petite crête en bordure du marais qui surplombait le ru du Couteau, à trois kilomètres environ de ses sources. Huttunen avait repéré l'endroit le matin même en pêchant. Il lui paraissait plus sûr que cette butte au flanc de laquelle ils bouillaient en ce moment du tord-boyaux.

Les hommes choisirent aussi l'endroit exact où Piittisjärvi planterait la boîte aux lettres de Huttunen. Ce dernier pourrait venir prendre son courrier trois fois par semaine. Le jour du Seigneur, et quelquefois même en semaine, Piittisjärvi viendrait picoler au camp.

« J' t'apporterai le courrier à domicile, le dimanche, ne te dérange pas jusqu'à la boîte pour les journaux du samedi. »

Huttunen pria Piittisjärvi de lui procurer un peu de sel, du sucre, du café et du lard fumé. Et bien sûr du tabac. Pour cela, il lui donna de l'argent.

Le bonhomme dut partir pour le village après le repas, car c'était encore une fois un jour de distribution du courrier. Il rinça dans le ruisseau son visage couvert de suie, se gargarisa pour chasser les pires effluves d'eau-de-vie. Avant son départ, il expliqua à Huttunen comment faire si le jus se mettait à trop chauffer dans le tonneau ou si le distillat cessait pour une raison ou une autre de couler.

« La catastrophe, c'est de laisser le jus brûler au fond. Ça m'est arrivé l'été 1939. Ma femme était morte

207

l'automne d'avant et je réfléchissais à la meilleure manière de passer le temps. Et le jus a attaché. Y m'a fallu des jours et des jours pour ravoir la cuve. Les types qui avaient bu de cette gnôle brûlée ont été malades et y en a un qui a failli mourir. Quand la guerre d'Hiver a éclaté, à l'automne, le même gars est tombé dès la première semaine, n'empêche. »

Piittisjärvi abandonna la responsabilité de la fabrique à Huttunen et partit. Il franchit le marais d'un pas léger, traversa les forêts en sifflotant, droit jusqu'à la poste où son premier geste fut de prendre pour Huttunen un abonnement de trois mois au journal. Pour plus de sûreté, il le mit à son nom.

Le soir, quand il eut fini sa tournée, Piittisjärvi passa chez lui prendre une scie, un marteau, des clous, quelques bouts de planche et un morceau de carton goudronné. Il entassa ce matériel dans ses sacoches et pédala jusqu'à une forêt déserte, de l'autre côté de la gare, où il descendit de bicyclette et gagna à pied l'endroit où il avait convenu avec Huttunen de construire la boîte aux lettres. Il choisit un pin solide et se mit à l'ouvrage.

La besogne avançait vite entre les mains de l'homme de l'art. Piittisjärvi bâtit d'abord un cadre, y cloua des lattes, fixa la caisse à l'arbre et découpa au couteau un rectangle de carton goudronné de la dimension du couvercle, pour qu'il soit étanche.

« Si les *Nouvelles du Nord* se mouillent, le malheur n'est pas bien grand, mais avec le courrier de valeur, la négligence ne pardonne pas. »

Piittisjärvi trancha dans sa ceinture deux bouts de cuir qui serviraient de charnières au couvercle. La ceinture aurait pu fournir encore bien des ligatures. Le facteur songea tristement qu'il l'avait achetée à Kemi pour ses fiançailles. A l'époque, il était encore costaud. Mais depuis que sa femme était morte, il avait dû petit à petit percer de nouveaux trous dans le cuir.

« Elle s'est toujours bien occupée de moi de son vivant, Hilda », se souvint Piittisjärvi. La gorge du pauvre homme amaigri se serra.

La boîte aux lettres était prête, il ne manquait plus que la peinture. Le facteur se demanda s'il était raisonnable de badigeonner la boîte du jaune officiellement prescrit par l'administration du Télégraphe. Si elle ne se voyait pas maintenant de la route, cet hiver, la couleur réglementaire risquait de faire repérer l'emplacement de la boîte. Piittisjärvi décida de laisser le bois brut, bien qu'il eût toujours détesté porter le courrier dans des boîtes grises et mal entretenues. Une fois qu'il avait déposé la liasse de Siponen dans son triste casier, éméché, il l'avait pris à partie.

« Tu pourrais au moins peindre ta boîte, un gros fermier comme toi. On a l'impression de balancer le journal dans une cabane à lapins! Quoique les *Courrier du cœur* de ta mégère, on pourrait bien les flanquer n'importe où. »

Piittisjärvi grava quand même sur le devant de la boîte le symbolique clairon de la poste et, en dessous, le nom du propriétaire : *Nanar Huttunen.* Il laissa enfin tomber dans la boîte un exemplaire des *Nouvelles du Nord* qu'il avait apporté, comme pour inaugurer son œuvre. Nanar pouvait maintenant venir prendre son courrier, se dit Piittisjärvi satisfait.

29

Une fois encore, l'ermite devait entreprendre la construction d'un nouveau campement. Il transporta toutes ses affaires, y compris la fabrique de tord-boyaux de Piittisjärvi, au bord du ru du Couteau, au pied d'une petite crête sablonneuse. Il donna à l'endroit le nom de camp de la Dune. Il dressa tout de suite son abri, puis l'alambic du postier. Il creusa un four dans le versant couvert de lichen et, un peu plus loin, une cavité dans laquelle il rangea ses outils, son sac, son matériel de pêche et son fusil. Il s'occupa ensuite de distiller l'eau-de-vie.

Après la première cuisson, Huttunen recueillit dans le pot à lait une dizaine de litres d'alcool malodorant. Il calcula que s'il distillait une deuxième fois le liquide, il en resterait encore sept litres. L'ermite savait que si Piittisjärvi s'était lui-même chargé du bouillage, il aurait bu la gnôle sans se soucier de la clarifier davantage. Mais le travail avait été confié à un homme sobre et efficace, et Huttunen fit bouillir l'alcool une deuxième fois. Il obtint dans le bidon six bons litres de boisson transparente, claire comme un lac d'automne gelé et forte comme l'eau-de-vie d'Ervinen. Huttunen en tâta une goutte, elle brûlait le palais; il recracha le liquide avec dégoût.

« Mieux vaut ne pas boire, je perdrais encore une fois la tête. »

Huttunen cacha le bidon de gnôle dans un trou d'eau, démonta l'installation et dissimula le matériel dans la sapinière de la rive. Puis il jeta son fusil sur son épaule, prit de quoi pêcher et partit compléter ses réserves de nourriture. Il se dirigea à la boussole vers le nord-ouest, vers les bois où il avait tiré le coq de bruyère avec le gardien de la paix Portimo, l'hiver précédent. Il se rappelait avec bonheur cette partie de chasse. Ils avaient pris du gibier en abondance, alors qu'ils n'avaient même pas de chien. Portimo avait laissé son spitz gris à la maison, car il avait été dressé pour traquer l'ours et il ne lui venait pas à l'esprit d'aboyer pour des oiseaux. Huttunen songea que si l'été s'était déroulé normalement, il ne parcourrait pas seul la forêt, mais chasserait en compagnie de Portimo. Le policier avait maintenant bien autre chose à faire.

« Portimo perd le meilleur de l'été à me poursuivre. Il doit être bien malheureux d'être obligé de persécuter un copain. »

Huttunen trouva sans peine un terrain giboyeux. Il abattit quelques volatiles et, sur le chemin du retour, prit aussi plusieurs kilos de poisson aux sources du ruisseau. Avant de regagner son camp, il cueillit encore un panier de myrtilles.

La vie était belle, mais solitaire. Pas besoin de courir les bois, les oiseaux vidés pendaient aux branches, le

211

poisson était salé dans des bourriches en écorce de bouleau, rangées au frais au plus profond de la mousse. Huttunen, pour passer le temps, décida d'aller chercher le courrier. Piittisjärvi aurait-il eu le temps de faire venir le journal?

Huttunen trouva facilement la boîte aux lettres à l'endroit convenu, dans la forêt près de la gare. Il tourna un moment autour, afin de vérifier qu'il n'y avait pas de piège, de possibilité de guet-apens. Mais comme le bois était désert et silencieux, l'ermite se risqua à approcher de la boîte. Son nom était gravé dessus.

Une bouffée de joie réchauffa le cœur du solitaire : il avait maintenant un point de contact avec le monde, cette grossière caisse grise au flanc d'un pin. Piittisjärvi avait bien fait son travail.

Mais y avait-il du courrier dans la boîte? L'ermite avait peur de l'ouvrir. Si elle était vide, la déception serait amère dans cette solitude.

Quand Huttunen souleva le couvercle, il eut l'heureuse surprise de trouver deux journaux et une épaisse enveloppe sur laquelle une main féminine avait écrit son nom. Il reconnut l'écriture – la conseillère horticole Sanelma Käyrämö lui avait envoyé une lettre.

L'ermite se retira à quelques centaines de mètres de la boîte dans une épaisse sapinière où il ouvrit l'enveloppe. C'était une belle lettre d'amour. Huttunen la lut le visage rayonnant de bonheur; sa tête bouillonnait, les lignes se brouillaient à cause des larmes qui lui montaient aux yeux, sa main tremblait, son cœur battait. Il avait envie de hurler de pure joie et d'allégresse.

212

Avec la lettre, il y avait une petite brochure, sur laquelle il était imprimé :

Institut national d'enseignement par correspondance
Section commerciale

Sanelma Käyrämö avait joint à sa lettre cet opuscule présentant le programme de l'Institut et elle demandait au bien-aimé destinataire « de ne pas le jeter, mais de l'examiner et d'entreprendre des études par correspondance, puisque Gunnar avait maintenant du temps devant lui et qu'il était important de ne jamais rester inactif et de toujours chercher, même dans les situations difficiles, à développer ses connaissances. Ce n'est qu'ainsi que chaque Finlandais pourra en fin de compte atteindre le bonheur et le succès qui contribueront ensuite au bien de la patrie tout entière ».

Huttunen courut à son campement, qu'il atteignit en une heure et demie, bien qu'il fût à près de vingt kilomètres à travers les marécages. Il se jeta dans sa hutte et relut la lettre d'amour de Sanelma Käyrämö. Il la lut plusieurs fois de la première à la dernière ligne, jusqu'à la savoir par cœur. Ce n'est qu'après qu'il se résolut à parcourir les journaux.

On y parlait de la guerre de Corée. Dans les lointaines forêts d'Asie se déroulait un conflit compliqué, qui semblait s'être transformé pendant l'été en une guerre de positions. Huttunen se rappela comment l'hiver précédent les Américains, les Coréens et les Chinois avaient tour à tour eu le dessus. Maintenant, le front s'était stabilisé sur le 38e parallèle et l'Union soviétique proposait l'ouverture de pourparlers en vue

213

d'un cessez-le-feu. Il y avait dans le journal la photo d'une jeep martiale, pleine d'officiers, avec de l'artillerie et de hautes montagnes à l'arrière-plan. Il était indiqué dessous que les troupes de l'O.N.U. patrouillaient sans relâche sur les voies de ravitaillement, afin d'empêcher les embuscades. Le drapeau qui flottait sur l'aile de la jeep était pourtant curieusement celui des États-Unis. Huttunen souhaita que les parties en présence s'entendent. Dès que la paix reviendrait, le prix du bois s'effondrerait en Finlande. Cela voudrait au moins dire que les gros fermiers, Siponen et Vittavaara en particulier, ne pourraient plus s'enrichir grâce au sang des Coréens.

Il commençait à y avoir quelques nouvelles sur les jeux Olympiques. Il semblait qu'ils se tiendraient l'été suivant à Helsinki. Dans le temps, Huttunen avait franchi 3,90 m avec une perche en peuplier et pensé participer au tournoi. Mais la guerre d'Hiver avait éclaté et les jeux Olympiques de Helsinki avaient dû être annulés à cause des combats. Huttunen n'avait maintenant aucune possibilité de suivre les jeux, bien que la guerre fût terminée. On le prendrait aussitôt s'il tentait de sortir des bois.

On disait dans le journal que les Soviétiques avaient l'intention de participer pour la première fois aux jeux. Pourquoi pas, se dit Huttunen. Ils ont peut-être de bons lanceurs de marteau. Vu la distance à laquelle ils balançaient les grenades sur le Svir, se souvint-il.

« Ils peuvent rafler des médailles au marathon, mais à bicyclette le soldat finlandais est plus véloce. S'ils organisent des courses cyclistes. »

Après avoir lu le journal, Huttunen étudia la bro-

214

chure de l'Institut d'enseignement par correspondance. On y vantait à tout point de vue les avantages du système. Il était dit qu'*un homme ou une femme d'affaires entreprenant et efficace peut se trouver une bonne situation plus rapidement et plus facilement que la plupart des personnes travaillant dans d'autres branches.*

Huttunen réfléchit à son propre métier de meunier. Il était exact que l'on pouvait plus aisément gagner son pain dans les affaires qu'en faisant marcher l'antique moulin de la Bouche, où il n'y avait pas forcément tous les ans de bon grain à moudre, quand le gel emportait tout. On pouvait heureusement survivre avec la scie à bardeaux, mais on ne pouvait l'agrandir. Il n'avait pas d'argent pour monter une scierie. On parlait aussi maintenant de nouveaux moulins électriques permettant de moudre son grain sans avoir à payer de droit d'eau. De ce point de vue, un changement de profession pouvait se justifier. Mais à bien considérer la situation de l'ermite, comment pourrait-il trouver un poste dans les affaires, alors que, hors-la-loi, il n'osait même pas faire tourner son propre moulin ?

D'un autre côté, l'étude pouvait être un passe-temps utile, Huttunen le reconnaissait. L'Institut expliquait que l'enseignement se faisait entièrement par correspondance : *N'importe quelle personne sortie de l'école primaire peut suivre les cours, quels que soient son lieu de résidence, son âge et le temps dont elle dispose. Il lui suffit de résider dans un lieu où le courrier est régulièrement distribué et d'étudier quand cela lui convient et qu'elle en a le temps.*

Un tel enseignement semblait avoir été précisément conçu pour la vie que menait maintenant Huttunen. Qu'importait l'endroit où il étudiait, dans la forêt ou au moulin ? Piittisjärvi lui portait son courrier dans les bois et il n'y avait aucune raison d'en parler à ces messieurs de l'Institut.

Huttunen dîna d'un demi-tétras-lyre aux canneberges. Puis il se jeta sur la couche d'aiguilles, le fusil à portée de la main. Avant de s'endormir, il relut encore une fois la lettre de la conseillère horticole.

Peut-être la vie va-t-elle encore s'arranger, si Sanelma m'envoie des lettres aussi enflammées, songea Huttunen plein d'espoir, avant de sombrer dans le sommeil dans l'odeur de sève des branches de sapin.

30

Le dimanche, l'ermite du camp de la Dune reçut de la visite. Le facteur Piittisjärvi et la conseillère horticole Käyrämö vinrent saluer Huttunen. Le petit postier marchait devant, une lourde besace sur le dos, entouré d'un épais nuage de moustiques et suivi par la consultante, rose et épanouie. Tous deux étaient fatigués par leur longue randonnée, la conseillère en avait la tête qui tournait. Mais quand elle vit Huttunen, sa fatigue s'évanouit. La jeune femme se jeta au cou de l'ermite. Ce dernier se sentit soudain si bien qu'il ne put s'empêcher de pousser un hurlement de bonheur.

Piittisjärvi attendit avec impatience que les embrassades et les hurlements soient terminés. Puis il toussota d'un air semi-officiel et demanda :

« Tu as bien bouilli, Nanar ? »

Huttunen conduisit l'homme au trou d'eau glacé des profondeurs duquel il tira le bidon de gnôle ; il ouvrit le couvercle et fit sentir l'odeur à Piittisjärvi. Le facteur enfonça sa petite tête dans le récipient. Un joyeux beuglement retentit dans le pot. Piittisjärvi, reconnaissant, expliqua qu'il avait des choses presque aussi précieuses pour Huttunen.

« Viens donc faire l'inventaire ! »

Ils revinrent au camp où Sanelma Käyrämö préparait du café. Piittisjärvi vida le contenu de sa besace sur le sol de l'abri. Il y avait tout ce dont Huttunen pouvait avoir besoin : du sel et du sucre en quantité, un paquet de café, un sac de farine, de la semoule, un kilo de lard, deux kilos de beurre... en dernier roulèrent sur les aiguilles de sapin une tête de chou, plusieurs bottes de carottes, des navets, des cosses de pois, des betteraves, du céleri, des choux de Bruxelles, deux ou trois kilos de pommes de terre nouvelles !

Huttunen regarda tendrement Sanelma Käyrämö, qui souriait, timide et heureuse.

« Pense à te faire cuire ces légumes, Gunnar... C'est râpés qu'ils sont les meilleurs. Ils viennent tous de ta parcelle associative, sauf les choux et les céleris.

– Comment pourrai-je jamais assez vous remercier », balbutia Huttunen. Il apprécia du regard la frêle silhouette de Piittisjärvi et le monceau de denrées qu'il avait trimbalé à travers bois depuis le village. « Tu as dû en suer pour porter tout ça, facteur. »

Ce dernier minimisa mâlement ses efforts.

« Qu'est-ce que c'est qu'un sac, quelques choux... Rappelle-toi le jour où j'ai couru avec mon alambic des forêts de l'est à la butte Couteau... ça c'était du travail. Si le jus n'avait pas été à moi, je l'aurais laissé dans les bois de Reutu, sous le nez du commissaire, crois-moi. »

Il y avait aussi dans la poche du sac du papier à lettres et des enveloppes, un crayon et une gomme, un

218

taille-crayon, une règle, des cahiers, un bloc et quelques carnets de l'Institut d'enseignement par correspondance. Huttunen remercia longuement ses invités de leurs cadeaux, tout en les rangeant dans son propre sac à dos.

Il y avait aussi du courrier : les *Nouvelles du Nord* et une facture de la *Quincaillerie de Kemi* pour la couroie de transmission commandée au printemps. Plutôt chère, la sangle, constata Huttunen. Il laissa tomber la facture dans le feu.

« J' crois que j' vais vous laisser en amoureux », proposa Piittisjärvi. Il se faisait plein de tact dans l'espoir de pouvoir s'échapper pour tutoyer son bidon. Mais l'eau bouillait et le facteur dut attendre pour vaquer à ses affaires. Sanelma Käyrämö ouvrit le paquet de café et en versa une bonne dose dans la cafetière. Piittisjärvi avala son café brûlant d'un trait et n'en reprit pas. La bouche fumante, il quitta la hutte, promettant de ne pas être de retour avant deux bonnes heures.

« Faites ce que vous voulez, je ne serai pas là pour vous regarder. »

Ce fut un dimanche heureux. Un vent frais de fin d'été chassait les moustiques de la crête couverte de lichen vers le marais. Le soleil brillait, le ru du Couteau babillait paisiblement, le puissant parfum des tourbières baignait la contrée. La conseillère horticole et Huttunen parlaient sans arrêt, envisageaient l'avenir de Huttunen, soupiraient, s'embrassaient. L'ermite aurait voulu aller plus loin, mais Sanelma Käyrämö l'en empêcha. Il comprit qu'elle avait peur de donner naissance à un enfant, d'avoir un bébé mentalement dérangé. Sanelma Käyrämö déclara cependant qu'elle voulait épouser Huttunen, plus tard, quand la situation serait plus claire. Mais elle n'osait pas se mettre à faire un enfant...

Sanelma Käyrämö s'imagina donnant plus tard un enfant à Huttunen, quand il serait guéri... Elle ferait tout pour que Gunnar guérisse de sa maladie. Après, ils pourraient avoir autant d'enfants qu'ils voudraient ! Mais si son état ne s'améliorait pas, elle ne s'y risquerait pas.

« On pourra adopter un enfant, un ou deux. On choisira des bébés en bonne santé, on peut en avoir directement à la maternité de Kemi, et on n'a même pas à payer les mères, elles sont si pauvres qu'elles ne peuvent pas nourrir elles-mêmes leur enfant. »

Huttunen essaya de comprendre. Ce serait effectivement affreux d'être catalogué comme fou dès la naissance...

L'ermite fit des projets pour vendre son moulin. Il décida d'écrire à Happola, à Oulu. Peut-être pourrait-il arranger la vente, après tout. L'été touchait à sa fin. Savoir si Happola était sorti de l'hôpital, maintenant que dix ans pleins s'étaient écoulés depuis le début de la guerre de Continuation. Huttunen se rappelait qu'il s'était fait enfermer chez les fous quand la guerre avait éclaté.

Huttunen dicta à Sanelma une lettre pour Happola. Ils collèrent un timbre sur l'enveloppe. Huttunen donnait carte blanche à Happola pour traiter l'affaire.

Dans l'après-midi, ils mangèrent. Sanelma Käyrämö avait préparé une soupe de légumes. Ils garnirent des tranches de pain de lard et de salades fraîches. La conseillère servit aussi aux hommes, dans de petites barquettes d'écorce de bouleau, des baies en compote et des crudités. Tout à fait délicieux, affirmèrent-ils. Sanelma Käyrämö, rouge de plaisir, repoussait de temps à autre les mèches naturellement bouclées qui lui tombaient sur le front. Huttunen ne pouvait détacher les yeux de la jeune femme; il était si amoureux qu'il en avait mal. Il pouvait à peine rester assis et aurait voulu marcher autour du feu, simplement poussé par l'amour.

Après le repas, les invités durent repartir vers le village, car le chemin était long et Piittisjärvi sérieusement éméché. Huttunen les accompagna. Heureusement, il n'y avait pas grand-chose à porter. Sanelma Käyrämö trouva pourtant la route fatigante, elle n'avait pas l'habitude des grandes randonnées dans les bois. Piittisjärvi aussi se sentait fatigué, mais pas pour les mêmes raisons. Huttunen fit la fin du trajet entre ses invités, les soutenant tous deux.

Piittisjärvi bavardait et riait, la conseillère s'appuyait langoureusement sur Huttunen. Ils arrivèrent ainsi au bord de la grand-route, où Huttunen et Sanelma Käyrämö se dirent tendrement adieu. Qui sait quand ils auraient l'occasion de se revoir ? Tous deux promirent de s'écrire beaucoup. Piittisjärvi jura de porter gratuitement les lettres à destination.

« Pourquoi les mettre à la poste, les faire timbrer pour rien! Pas la peine de lécher des timbres, le facteur que je suis n'en fera pas une histoire... je fermerai les yeux! L'administration du Télégraphe ne va pas faire la culbute parce que Nanar ne colle pas un timbre sur chaque enveloppe! »

Resté seul, Huttunen gagna la rive du Kemijoki,

emprunta une barque et franchit le fleuve. Traversant les forêts de l'est, il parvint au mont Reutu, où il s'installa pour attendre la nuit.

Sur le coup de minuit, Huttunen se mit à hurler. Il hurla d'une voix haute et forte, pour bien se faire entendre jusqu'au village. Il fit ensuite une pause pour fumer une cigarette et se dit que quand on aurait entendu ces nouveaux hurlements, on le chercherait du côté du mont Reutu et de la Vive.

« Il faut savoir hurler pour assurer ses arrières. »

Sa cigarette terminée, Huttunen se remit à clabauder. Il glapit longuement, plaintivement, puis par moments d'une voix basse et menaçante, comme un animal traqué. Il était essoufflé et apaisé. C'était un exercice agréable, finalement, après ces éternités passées sans pouvoir hurler.

Ayant geint tout son soûl, Huttunen se tut pour écouter le résultat. Les chiens des villages avaient entendu l'appel, ils jappaient en chœur. Pas une âme alentour ne dormirait de la nuit.

Sa tâche accomplie, Huttunen quitta le mont Reutu. Il n'atteignit son campement à l'ouest du Kemijoki qu'au petit matin. Étendu pour se reposer dans son abri, Huttunen se dit que la vie était dure : parcourir des dizaines de kilomètres, voler par deux fois une barque et traverser deux fois le Kemijoki à la rame, et tout cela pour quoi :

« Cavaler toute la nuit pour hurler un coup. »

31

Le temps se fit frais et pluvieux. La vie d'ermite, sous la hutte, pesait à Huttunen. Les nuits étaient froides et brumeuses, les journées d'un ennui mortel. Le seul côté positif du changement de temps était que le poisson mordait mieux. La meilleure période de pêche de la fin de l'été commençait. Mais Huttunen n'avait pas de tonneaux pour saler ses réserves de poisson, il ne pouvait passer son temps à pêcher.

Comme la pluie persistait, le toit de branchages de l'abri se mit à fuir. Pour améliorer son confort, Huttunen arracha de grands pans d'écorce à de gros troncs de bouleau. Il les disposa sur l'abri comme des bardeaux sur le toit d'une grange. L'eau cessa de couler à l'intérieur et Huttunen, s'étant résolu à entretenir toute la journée un petit feu devant sa hutte, se trouva plus douillettement installé. Mais le temps s'écoulait lentement. La méditation, à la longue, n'était guère distrayante, surtout quand la plupart des idées qui lui traversaient la tête étaient insensées.

Huttunen se plongea dans les livres apportés par la conseillère horticole et les manuels de l'Institut d'enseignement par correspondance. Il commença par un ouvrage médical de H. Fabritius, intitulé *Nervosité et maladies nerveuses*. Au dos, le livre était présenté comme le plus remarquable jamais écrit en Finlande sur la question. Intéressé, Huttunen chercha dans l'ouvrage une explication à sa propre maladie mentale. Plusieurs descriptions semblaient d'ailleurs à première vue correspondre à son cas. Il se reconnaissait par exemple dans le chapitre « Des personnes hypersensibles et facilement irritées ». En revanche Huttunen ne trouva rien de lui-même dans le chapitre consacré aux troubles sexuels dus à la nervosité. Ses organes sexuels étaient en parfait état de marche! Le seul obstacle à la satisfaction de ses désirs était la peur de la conseillère horticole Sanelma Käyrämö d'avoir des bébés fous.

On présentait dans le livre des patients souffrant *d'obsessions, autrement dit de névrose psychasthénique.* Huttunen dut admettre qu'il présentait certains des symptômes évoqués, mais il ne se sentait pourtant pas vraiment psychasthénique. Dans l'ensemble, le livre ne répondait pas aux attentes du lecteur, qui ne parvint pas à déterminer exactement de quel mal il était atteint. Mais à part cela, l'ouvrage était intéressant, amusant même. Huttunen apprécia tout particulièrement les descriptions de psychopathes. Le cas 14 lui parut l'un des plus drôles :

Un homme d'âge moyen, qui n'avait jamais quitté l'Allemagne, parcourait le pays en donnant des conférences. Il prétendait être né en Afrique du Sud à Pretoria, la capitale du Transvaal. Pendant la guerre des

Boers, il avait accompli des exploits légendaires, parti-
cipé notamment à 42 combats et reçu du président Krü-
ger, en récompense de ses services, un titre de baron. À
l'occasion de ses conférences, il vendait des cartes postales
le représentant en tenue militaire (illustration 3).

Sur la photo, l'homme portait un splendide uniforme d'officier. Un type à l'air sympathique qui plut
aussitôt à Huttunen. L'ermite fut envahi de fureur
quand il lut comment les Allemands avaient traité
cette âme sœur. On constatait en effet dans le livre
que *la police se mêla des activités de l'homme et l'envoya*
pour une visite médicale dans un asile psychiatrique où
on le catalogua comme psychopathe du type mythomane
et aventurier. Le cas était étudié d'un point de vue finlandais par Fabritius. Il notait que l'homme *ne pouvait*
être considéré comme un criminel, mais que la société ne
pouvait permettre qu'un de ses membres gagnât sa vie en
donnant des conférences publiques qui n'étaient que du
vent, même si elles étaient passionnantes et distrayaient
apparemment l'auditoire.

Fulminant, Huttunen jeta le livre au loin. Il pouvait
imaginer les épreuves qu'avait traversées le pauvre
homme dans un asile allemand, à cette époque primi-
tive. Les hôpitaux allemands étaient certainement
bien plus sinistres que la maison de fous d'Oulu, qui
était déjà un véritable enfer carcéral.

Les jours suivants, Huttunen se plongea avec avidité
dans l'étude. Il fit les exercices du manuel d'expression écrite, lut des citations de propositions principales
et subordonnées et s'étonna devant certains exemples
de juxtaposition et de conjonction :

L'effort vainc le sort, l'effort interdit le sommeil.

Nous irons en randonnée et nous resterons toute la journée dans la forêt.

Nous ne partirons que s'il fait chaud.

Le contenu des phrases intéressait plus l'ermite que leur construction grammaticale. Il songea à ses propres randonnées et se dit, irrité, qu'il était obligé de rester tout l'été dans la forêt, si froid fît-il. Le commissaire Jaatila y veillait.

Huttunen se familiarisa avec le son « äng ». Cela le fit sourire – que des hommes sérieux prennent la peine d'édicter des règles pour des évidences pareilles. Il comprenait mieux le chapitre sur l'occlusive glottale, ou aspiration. Huttunen s'amusa à parler un moment sans coup de glotte. Il ne put s'empêcher de rire aux larmes à ses propres histoires. Heureusement que personne n'était là pour l'entendre.

Le droit et les pratiques du commerce attiraient plus Huttunen que l'expression écrite. Il commença par lire le manuel que lui avait procuré Sanelma Käyrämö, dont les auteurs étaient I.V. Kaitila et Esa Kaitila. Étaient-ils apparentés ? Mariés peut-être ?

Le texte était aride, mais les choses étaient expliquées clairement et sous une forme aisément compréhensible. Selon les instructions du cours par correspondance, il suffisait de lire les vingt premières pages, mais comme les jours de pluie ne manquaient guère, Huttunen avala l'ouvrage de la première à la dernière ligne. Puis il entreprit de répondre aux questions posées.

Dans un exercice, il fallait comparer les commerces

de gros et de détail du point de vue de leurs pratiques. Huttunen pensa au marchand Tervola. À la fin de sa réponse, il ajouta une remarque :

Ici dans notre village le détaillant Tervola refuse de vendre de la nourriture aux malades mentaux autrement que sous la menace d'une hache. On obtiendrait plus facilement des marchandises dans une maison de gros que chez lui.

Une autre question était intéressante : pourquoi la Banque de Finlande ne versait-elle pas d'intérêts sur les dépôts ? Huttunen expliqua dans sa réponse le rôle de banque centrale de l'établissement, d'après les Kaitila. Il faillit glisser un commentaire sur le directeur de banque Huhtamoinen, qui ne versait pas à tous les épargnants leurs intérêts, ni même leur principal, et se comportait donc plus despotiquement que la Banque de Finlande, mais il décida finalement de s'abstenir. Qu'avait-on à faire à l'Institut d'enseignement par correspondance des problèmes d'argent de Huttunen ? L'important, pour l'instant, était l'étude et non les pratiques bancaires de Huhtamoinen.

Qu'est-ce qu'un crédit documentaire ? Qu'est-ce qu'une obligation ?

Huttunen trouvait les termes commerciaux passionnants et amusants. Ils lui restaient bien en mémoire. Il regrettait de ne pas avoir fait d'études commerciales dans sa jeunesse. Non seulement le sujet était étonnamment facile, mais il pouvait être utile dans la vie.

Si un riche homme d'affaires se mettait à hurler, on le lui pardonnerait peut-être plus facilement qu'à un meunier... Quoi qu'il en soit, il pouvait encore apprendre à son âge.

Huttunen se réjouissait d'avance en imaginant le jour où l'Institut lui enverrait un diplôme de fin d'études commerciales. L'affaire serait réglée avant Noël, les cours avaient l'air suffisamment faciles. Quand il aurait accompli son cursus dans les bois, on pourrait difficilement le considérer encore comme un pauvre fou. En payant quelques amendes pour hurlements au commissaire, Huttunen pourrait peut-être un jour tenir l'état des stocks d'une maison de gros! Il pourrait même faire tourner un moulin en plus, s'il y en avait un aux alentours.

Puis Huttunen se souvint qu'il ne pourrait pas avoir de certificat à son nom. Les cours, par mesure de précaution, étaient au nom du facteur Piittisjärvi. Le diplôme aussi porterait évidemment le nom du bonhomme des postes. Il ne resterait à Huttunen que la connaissance du sujet, ce qui semblait peu sans reconnaissance officielle.

D'un autre côté, si on prenait la chose du point de vue de Piittisjärvi, il tirerait un avantage substantiel de ces études. Il suffisait au bonhomme de porter ses lettres et de biberonner son eau-de-vie, et on lui remettrait un diplôme de commerce. S'il savait s'y prendre, il pourrait rapidement s'élever dans la hiérarchie et tenir le bureau de poste du village. L'actuel préposé, à ce qu'on disait, n'avait même pas son brevet. Huttunen essaya d'imaginer Piittisjärvi à la tête du bureau de poste. Le bonhomme serait assis derrière la large table, ses lunettes sur le nez, apposant de temps à autre des cachets officiels sur les lettres chargées.

L'idée plut à l'ermite, qui se replongea dans le manuel des Kaitila.

« Peu importe lequel d'entre nous deviendra un monsieur, Piittisjärvi ou moi », se dit-il en vérifiant ses connaissances sur le réescompte.

Le vendredi, le temps se réchauffa un peu et il cessa de pleuvoir. Huttunen mit ses devoirs dans une enveloppe, y colla des timbres et écrivit une lettre à la conseillère horticole. Puis il allait porter son courrier à son bureau de poste forestier. Il y trouverait deux ou trois numéros des *Nouvelles du Nord*, et qui sait quoi d'autre ? Un message de Sanelma Käyrämö ?

Le soir tombait quand Huttunen parvint à sa boîte aux lettres. Il s'approcha prudemment, mais personne ne l'épiait, l'endroit était resté secret. Il trouva les journaux et une lettre de Sanelma. La missive contenait d'ardents mots d'amour et racontait qu'on avait encore cherché Huttunen, à grand renfort d'hommes, à l'est du Kemijoki. Le commissaire avait paraît-il tempêté et traité de tous les noms le gardien de la paix Portimo, qui n'avait pas réussi à attraper Huttunen de tout l'été.

Dans les *Nouvelles du Nord*, on annonçait que le championnat départemental d'athlétisme se tiendrait le dimanche suivant sur le terrain de sport du village. Le préfet en personne avait promis de parrainer la rencontre, car il faisait au même moment une tournée d'inspection dans la commune. L'annonce donnait les programmes du championnat et du préfet.

Huttunen décida d'aller lui aussi assister au championnat. Peut-être pourrait-il suivre l'événement du haut d'une colline ? Il pourrait monter dans un arbre et admirer les exploits des sportifs grâce aux jumelles d'Ervinen. Les annonces des haut-parleurs ne s'entendraient pas très loin, mais quelle importance. L'essentiel était de voir la compétition et le préfet.

« Et comme ça, pas besoin de payer l'entrée. »

32

Huttunen quitta le camp de la Dune dans la nuit du dimanche, pour être au village avant le réveil de ses habitants. Il vola une fois de plus une barque sur la rive du Kemijoki et franchit le fleuve. Le village dormait. L'air était frais, presque automnal, et il faisait encore sombre. Huttunen se mit en quête d'une éminence d'où il pourrait suivre le championnat départemental d'athlétisme sans être découvert.

Deux hautes collines se dressaient près du village. Elles ne se prêtaient cependant pas au dessein de Huttunen, car l'une ne permettait de voir que les tuiles de bois et le clocher de la nouvelle église, tandis que la vue qu'on avait de l'autre était bouchée par la tour où les pompiers faisaient sécher leurs tuyaux. Une troisième solution aurait été d'assister au championnat du sommet du mont Reutu, mais la distance était trop grande – même les jumelles d'Ervinen n'étaient pas assez fortes pour suivre les exploits des participants.

Le mieux aurait été de monter dans la tour des pompiers, mais c'était hors de question car le responsable de la voirie habitait le rez-de-chaussée du bâtiment. La seule possibilité restante était le clocher de la nouvelle église. Pourquoi ne pas essayer ?

Huttunen traversa à pas de loup le cimetière désert et essaya les portes de l'église. Elles étaient toutes fermées à clef. Derrière la sacristie, une porte donnait dans la cave. Elle aussi était verrouillée, mais le soupirail à côté s'ouvrit quand Huttunen le poussa. Il se glissa dans la cave, refermant le battant derrière lui.

Le sous-sol était triste et sombre et sentait l'humus. À la lumière d'une allumette, Huttunen vit une grande pièce au sol de terre. Y gardait-on le vin de messe ? Peut-être risquait-on de se cogner dans des tas de fémurs et de tibias de défunts d'un autre âge ? Mais bien qu'il grattât plusieurs allumettes, Huttunen n'aperçut pas la moindre bouteille ni le plus petit squelette. Il y avait en revanche une grosse pile de briques moisies, une brouette et une bétonnière. On utilisait donc l'endroit pour entreposer des matériaux de construction. On n'y avait sans doute jamais enterré personne, car l'église datait du début du siècle.

La porte en haut de l'escalier de la cave était ouverte. Huttunen se retrouva dans la sacristie. De là, il accéda sans problème à l'immense nef de l'église. Cette dernière était lambrissée de boiseries bleu-gris. Malgré la pénombre, on voyait que la peinture était écaillée et fendillée, avec de grandes plaques nues. Dans le temps, les fermiers du canton, dans leur folie des grandeurs, avaient édifié une église trop vaste, que leurs fils ne parvenaient pas à entretenir. Était-ce par manque de foi ou d'argent, Huttunen n'en savait rien.

Il ne put s'empêcher de monter un instant en chaire. Il prit une attitude pastorale et poussa un hurlement vibrant. L'écho fut si fort, entre les hauts murs de l'église, que Huttunen prit peur et redescendit en vitesse. Il passa dans la galerie. Derrière l'orgue, un escalier en spirale conduisait au clocher.

Les marches décrivaient sept tours complets avant d'arriver au campanile. C'était une petite pièce hexagonale au plafond de laquelle pendaient deux cloches, une grande et une petite. Des fenêtres rondes s'ouvraient des six côtés. Elles n'avaient pas de vitres, ce qui était naturel car, sans cela, la sonnerie des cloches n'aurait pas porté assez loin. Quand Huttunen regarda en bas par l'une des ouvertures, il eut le tournis, tellement il était haut.

De l'altitude vertigineuse du campanile, la vue s'étendait sur le village et sur les lointains monts bleutés. Le terrain de sport était au premier plan : il était offert comme sur un plateau aux yeux du spectateur. D'un seul coup d'œil, on pouvait suivre toutes les disciplines. Huttunen n'aurait pas pu trouver meilleur observatoire. Il régla ses jumelles sur la piste de sable. En ce qui le concernait, le championnat pouvait commencer.

Il faisait enfin jour, dix heures approchaient. Les épreuves débuteraient dans un peu plus d'une heure. L'ermite étudia le programme qu'il avait découpé dans les *Nouvelles du Nord*. Tout de suite après le discours du préfet, les concours commenceraient. Le championnat se terminerait ensuite par les courses, 3 000 mètres, 400 mètres haies et 100 mètres. La spécialité de Huttunen était justement le 400 mètres haies. Sur le front du Svir, pendant la guerre, il avait gagné le championnat de la division. Il avait eu cinq

plémentaires de permission, qu'il avait passés à Sorta-
vala. Dans l'histoire, il avait perdu ses chaussures à
pointes et attrapé des morpions.

Des voix se firent entendre en bas, dans le cimetière. Le pasteur arrivait avec le sacristain. C'est à ce
moment que Huttunen se rappela qu'on était dimanche et qu'il était l'heure de l'office. Peu importait,
d'ailleurs. Il était en sûreté dans le clocher, il n'avait
rien à faire dans l'église. Les psaumes lui parvien-
draient d'en bas, il pourrait même s'y joindre pour passer le temps. Tout de suite après l'office commencerait le clou du spectacle, le championnat départemental d'athlétisme.

Des bruits montaient de l'église. Les portes battaient, le plancher grinçait. Le sacristain tira quelques
sons des orgues. Puis Huttunen crut entendre des pas
dans l'escalier conduisant au clocher. Le pasteur?
Que diable pouvait-il avoir à faire dans le campanile?
Huttunen se plaça en haut des marches pour écouter.
Aucun doute, quelqu'un gravissait l'escalier.

Il comprit tout à coup – c'était évidemment le
bedeau qui venait sonner les cloches!

La situation était critique. Il ne pouvait se cacher
nulle part dans la petite pièce. Les pas du sonneur de
cloches se rapprochaient. Il ne fallait même pas son-
ger à sauter par la fenêtre.

Le valet Launola montait les marches abruptes.
L'homme n'était pas sur ses gardes et, quand il parvint
à la porte, Huttunen le frappa d'un coup de poing sur
la tête. Launola faillit rouler dans l'escalier. Huttunen
parvint cependant à le sauver, le prit dans ses bras et le
traîna sous les cloches. Il était inanimé mais respirait

régulièrement. Son cœur battait dans sa poitrine, il n'avait rien de grave. Huttunen lui lia les mains dans le dos avec sa ceinture. Puis il lui enleva sa chemise et lui en fit un bâillon. Une fois l'homme immobilisé et réduit au silence, Huttunen l'adossa à une fenêtre pour le ranimer. Dans la brise matinale, le valet se remit vite.

« C'est toi qui fais le bedeau, maintenant », siffla Huttunen. Launola, terrorisé, acquiesça.

« Où est le vrai bedeau ? »

Le valet mima le malade.

« Tu es venu sonner les cloches, hein ? »

Le prisonnier hocha la tête.

Huttunen sortit sa montre. L'office commencerait bientôt, nom de Dieu. Il était temps de sonner les cloches. Impossible de laisser Launola s'en charger, il se débrouillerait pour battre le tocsin. Les fidèles se précipiteraient dans le clocher pour voir quel danger menaçait le suppléant du bedeau. Huttunen conclut qu'il devrait personnellement sonner les cloches de l'église ce dimanche.

Il essaya de se rappeler le rythme habituel du carillon. Espacé, c'est tout ce dont il se souvenait. Fallait-il jouer un air particulier ? Huttunen n'en avait pas la moindre idée. Le mieux était de carillonner régulièrement.

Huttunen empoigna la corde de la petite cloche et tira énergiquement. La cloche bougea, passa à l'horizontale et revint. Huttunen tira une deuxième fois, la cloche monta au sommet de sa trajectoire, tinta en retombant à fêler les oreilles. De l'autre main, Huttunen hala la corde attachée au battant de la grosse

cloche. Elle rendit un son encore plus terrible. Huttunen manœuvra les cordes en cadence, déchaînant un
vacarme assourdissant. Il eut l'impression d'avoir
convenablement invité le peuple craignant Dieu à
s'assembler dans l'église.

Huttunen hésita. Combien de temps fallait-il sonner
le branle ? Dix minutes, ou plus ? Il avait fort à faire
avec les cloches et, en plus, il devait avoir l'œil sur
Launola, qui, assis près d'une fenêtre du campanile,
ne songeait qu'à s'enfuir.

Huttunen tiraillait les cordes, baigné de sueur; le
formidable écho faisait trembler l'église. On imaginait
facilement à quelle distance le carillon infernal reten-
tissait, dans les hameaux les plus reculés. Tout juste si
on n'entendait pas jusqu'à Rovaniemi comment, dans
ce pieux canton, on appelait la chrétienté à célébrer
Dieu.

Au milieu de ce tourbillon, Huttunen parvint à jeter
un œil sur sa montre. Elle marquait à dix heures
moins une. Il décida d'arrêter de sonner dix heures
pile, se disant que telle était sans doute la coutume, car
il fallait bien que le pasteur entre en scène. L'ermite
avait déjà les oreilles bouchées par ce tintamarre dia-
bolique.

A dix heures, Huttunen lâcha les cordes des
cloches. La petite battit encore deux fois, la grosse
une. Un silence céleste descendit sur le campanile.

Un moment plus tard, d'ardents cantiques montèrent de l'église. Le peuple des croyants n'avait rien
remarqué d'anormal dans le carillon de Huttunen.

Le sermon du pasteur n'était pas intelligible du clocher, mais même Huttunen se joignit au psaume final.
L'office était terminé et les fidèles sortirent de l'église

236

pour se diriger droit vers le terrain de sport. Personne ce dimanche-là n'avait fait la quête, car le bedeau était souffrant et son remplaçant ficelé dans le campanile. Aucun des paroissiens ne semblait s'en plaindre. Huttunen eut un pincement au cœur – à cause de lui, les enfants de quelque pays païen seraient privés de l'argent envoyé par la paroisse pour leur évangélisation. Il se promit, quand il serait un riche homme d'affaires, d'indemniser la paroisse et les missions.

Le haut-parleur du stade se mit à brailler. Huttunen s'approcha de la fenêtre et porta les jumelles d'Ervinen à ses yeux. Il vit un groupe de concurrents en survêtement et des spectateurs par centaines. De l'autre côté du terrain de sport, près des lignes d'arrivée, on avait érigé une espèce d'enclos de planches, où l'on avait disposé quelques chaises. Au premier rang, le préfet était assis, entouré des notables du canton – le commissaire, le président du conseil municipal, le Dr Ervinen, le pasteur et quelques gros fermiers, dont Vittavaara et Siponen. Le premier était de la fête avec son épouse, le second profitait seul de l'occasion.

Huttunen chercha de l'œil de sa lunette la conseillère horticole Sanelma Käyrämö. Il parcourut systématiquement la foule, reconnut enfin la consultante, un peu à l'écart du terrain de sport, sur une petite hauteur plantée de pins, près du cimetière. Il y avait là tout un groupe de jeunes femmes, habillées de foulards et de jupes multicolores. Huttunen fut si heureux de voir Sanelma qu'il faillit la saluer d'un hurlement.

Le préfet prit la parole. Les haut-parleurs étaient disposés de telle sorte que l'on entendait deux fois son discours dans le clocher. On eût dit que le préfet s'imitait lui-même. L'orateur souligna le rôle du sport dans le développement du sens moral et engagea les citoyens à concourir chaque fois que l'occasion leur en était donnée. Il parla des indemnités de guerre que la Finlande avait été condamnée à acquitter en nature et qualifia leur règlement de formidable exploit sportif de tout un peuple.

« Si le train transportant ce dû était en retard d'une seule seconde, ou même d'un dixième de seconde, à la frontière, le destinataire exigeait immédiatement des dommages-intérêts très élevés. Que cet exemple concret montre à notre jeunesse qu'il n'y a pas lieu de s'attarder avant la ligne d'arrivée. »

Le préfet évoqua les jeux Olympiques qui se tiendraient l'été suivant à Helsinki. Il exprima l'espoir que les sportifs de ce canton puissent y participer et rapporter à la Laponie de nombreuses médailles d'or et d'argent.

Après le discours, les concours commencèrent. Le valet Launola se traîna auprès de Huttunen. Il lui fit comprendre par ses mimiques qu'il aurait aimé regarder la compétition. Huttunen, bien que l'homme lui fût antipathique, lui fit une place à la fenêtre. Reconnaissant, le malheureux suppléant du bedeau se mit à suivre les épreuves de lancer. Un type du lac de la Souche lançait justement le javelot. L'engin vola dans l'enclos du préfet. Le concurrent fut immédiatement disqualifié, bien qu'il fût en tête.

Le saut à la perche se faisait avec des perches modernes en bambou. Huttunen s'attendait à de bons résultats, mais fut déçu car le vainqueur franchit vaille que vaille 3,45 m. Quand on lui remit sa cuiller commémorative, Huttunen ne put s'empêcher de crier du haut du clocher :

« Empoté ! »

Le cri fendit les cieux au-dessus du terrain de sport. Le public et les invités d'honneur regardèrent les nuages d'où la voix était tombée. Deux corneilles au vol incertain survolèrent le stade au même instant, venant du cimetière, et croassèrent méchamment au passage. Le préfet et les autres spectateurs reportèrent leur attention sur les épreuves.

Huttunen suivit avec enthousiasme le 400 mètres haies. Il n'y avait que trois concurrents, en plus du photographe des *Nouvelles du Nord,* qui courait à leur côté, l'imperméable flottant au vent, pour prendre des photos. Huttunen considéra d'ailleurs qu'il avait gagné cette course durement disputée car le vainqueur, en arrivant au but, se cogna si fort le genou dans le dernier obstacle qu'il fallut l'amener au Dr Ervinen, dans l'enclos d'honneur. Ervinen fit une courbette polie au préfet, puis enleva le pantalon du coureur et lui frappa le genou du plat de la main. Un cri de douleur déchira l'air.

Huttunen et Launola suivirent le championnat du début à la fin. Plus que les vainqueurs des épreuves, Huttunen observa au travers de ses jumelles la conseillère horticole Sanelma Käyrämö, dont les cheveux blonds virevoltaient délicieusement dans le vent de l'été finissant.

33

Après le programme officiel, le préfet était invité chez le commissaire Jaatila. Le sauna au bord du Kemijoki avait été chauffé en son honneur et une collation l'attendait sur la véranda, avec du café. La suite du préfet, en plus du commissaire, se composait du Dr Ervinen, du pasteur, du président du conseil municipal et du banquier Huhtamoinen. L'instituteur n'avait pas été invité, mais Vittavaara était là, car il avait quand même beaucoup de terres, et la conjoncture coréenne l'avait enrichi.

On parla de la guerre de Corée, des jeux Olympiques, des indemnités de guerre, de l'industrialisation de la Laponie et des coupes de bois, qui avaient enfin commencé dans les domaines publics.

« Notre peuple se relèvera », déclara le préfet en émergeant nu de l'eau fraîche du Kemijoki.

Quand les hôtes de marque furent sortis du sauna et se furent rassemblés dans le salon du commissaire, on déboucha une petite bouteille de cognac et l'on porta un toast. Un seul, car le préfet, malheureusement, était plutôt sobre.

« *Aproppoo* *... On dit jusqu'à Rovaniemi que vous auriez dans le secteur un aliéné mental qui refuse d'aller tranquillement se faire soigner à l'asile d'Oulu. On raconte qu'il passe volontiers ses nuits à hurler. »

Le commissaire se racla la gorge. Il minimisa le problème, notant qu'il y avait des fous partout, dans chaque village...

Mais Ervinen et Vittavaara, les joues échauffées par le cognac, entreprirent de décrire au préfet les agissements du meunier Gunnar Huttunen. Ils exposèrent en détail tous ses méfaits, affirmant que l'homme était dangereux, armé, et terrorisait tout le village. On ne pouvait rien contre lui.

Le commissaire essaya de réduire les proportions de l'affaire. Il expliqua que l'homme n'était pas réellement dangereux, juste un peu fou et simple d'esprit, il ne valait pas la peine d'être pris au sérieux.

« En fin de compte, je qualifierais le meunier Huttunen de doux dingue... il est instable, bien sûr, mais inoffensif et d'un naturel tout à fait paisible. »

Mais le préfet en avait assez entendu.

« Il est hors de question qu'on laisse courir librement dans les bois de mon département un homme armé, mentalement dérangé et selon toute apparence extrêmement dangereux. Commissaire Jaatila! Vous devez activer les recherches. Cet homme doit être envoyé à l'hôpital sans délai. La société a prévu des endroits à l'intention de tels individus. »

Au même instant, on entendit dans la direction du mont Reutu un lointain et sinistre hurlement. La fenêtre de la pièce était entrebâillée, le préfet l'ouvrit

---

* En français dans le texte! (*N.d.T.*)

241

en grand pour mieux entendre. Son visage s'illumina d'excitation.

« Un loup ? N'est-ce pas le cri d'un loup ? »

Le commissaire s'approcha, fit mine d'écouter et dit en essayant de refermer la fenêtre :

« Bien sûr, c'est un loup... un loup solitaire, qui a dû franchir la frontière. Inoffensif en cette saison. »

Le préfet ne le laissa pas fermer le battant. Il expliqua que c'était la première fois qu'il entendait hurler un véritable loup sauvage.

« C'est un des plus beaux jours de ma vie ! Versez-moi donc exceptionnellement encore une goutte de cognac, commissaire ! »

Ervinen brisa l'enchantement en remarquant fielleusement :

« Ce n'est pas un loup. Je connais la voix de mon patient. C'est le meunier Huttunen qui hurle là-bas. »

Vittavaara confirma.

« Il a toujours glapi comme ça. C'est bien Huttunen et pas un simple loup. Tu l'as forcément reconnu aussi, Jaatila. »

Le commissaire dut admettre qu'à mieux écouter, c'était peut-être en effet Huttunen qui hurlait, après tout.

Le préfet explosa. Selon lui, tout cela était incroyable : on laissait l'homme semer la terreur à son gré dans le canton : Pourquoi n'allait-on pas l'arrêter immédiatement ?

Le commissaire expliqua qu'il était impossible de repérer le meunier tant que le terrain ne serait pas durci par les premières gelées. Il aurait fallu beaucoup d'hommes, des chiens dressés à suivre une piste, de la chance... Il n'y avait dans le canton qu'un unique gardien de la paix, Portimo, qui n'était pas à la hauteur de la tâche et avait déjà laissé plusieurs fois échapper le meunier. Pour l'instant, il n'y avait qu'à laisser Huttunen hurler... A l'automne, dès les premières neiges, le commissaire mettrait fin au clabaudage. En attendant, il n'y avait rien à faire.

Le préfet n'était pas de cet avis :

« Je vais vous faire envoyer des hommes et des chiens du régiment de chasseurs cyclistes de la division frontalière de Rovaniemi. Ils arriveront bien à faire sortir ce fou du bois, je vous l'assure. Si vous n'avez pas suffisamment d'hommes et de chiens, commissaire Jaatila, je m'occuperai personnellement de cet aspect de la question. »

On ferma la fenêtre. On servit du café au préfet. Le commissaire Jaatila, agacé, était assis dans son fauteuil. La façon dont il s'acquittait de ses fonctions venait d'être durement critiquée. Les responsables en étaient le trop bavard Dr Ervinen et cet imbécile de Vittavaara... et bien sûr le diable en personne, Huttunen.

Au bout d'un moment, le commissaire suggéra au préfet que l'on engage des pourparlers de paix avec le meunier Gunnar Huttunen, que l'on tente de trouver un accord.

« Ne pourrait-on pas amnistier cet homme d'une manière ou d'une autre ? On lui ferait savoir qu'il peut sortir de la forêt, qu'on ne l'accusera pas pour ses erreurs passées et qu'on ne le conduira même pas directement à l'hôpital... je suis sûr que s'il revenait à la civilisation, il se calmerait. On pourrait même lui demander une promesse écrite de ne plus jamais hurler à portée d'oreille de ses concitoyens. Notre conseillère rurale a laissé entendre qu'elle était en contact avec lui. On pourrait rayer cette lamentable affaire de l'ordre du jour. »

Le préfet réfléchit à la proposition, mais conclut par la négative.

« Non. C'est impensable. On peut amnistier un criminel, cela ne pose pas de problème, mais comment amnistier un débile mental ? Ce n'est pas du pouvoir des autorités. L'affaire est claire : l'homme doit immédiatement être conduit à l'asile psychiatrique, où il a définitivement sa place. Je ne permettrai pas qu'un être humain hurle dans les bois de mon département. »

On entendit du bruit dans le vestibule. La bonne vint annoncer au commissaire qu'un certain Launola voulait lui parler. Le commissaire alla dans l'entrée écouter le valet. Le préfet, dans le salon, distingua dans un flot de paroles le nom du meunier Huttunen. Il appela le commissaire et le valet.

« Dites-nous donc ce que vous savez sur ce Huttunen, jeune homme. »

Launola salua et commença d'expliquer qu'il avait remplacé le bedeau de la paroisse, qui était malade.

« Il a de l'emphysème et il garde le lit parce que les médicaments n'y font rien... et il a pas les moyens d'aller chez un autre docteur que le... le Dr Ervinen. »

Ervinen grogna :

« Viens-en au fait, Launola, le préfet n'a rien à faire des poumons mités du bedeau. »

Launola raconta qu'il était monté le matin même

244

dans le clocher de l'église pour sonner les cloches. Il y avait trouvé Huttunen qui l'attendait.

« Nanar m'a assommé et m'a attaché pour que je ne puisse pas me sauver, ni crier. Puis il a lui-même sonné les cloches, et après l'office on a suivi le championnat. On a même vu monsieur le préfet. »

Launola déclara que Huttunen l'avait gardé prisonnier toute la journée. Ce n'était que le soir qu'il avait quitté le campanile avec sa victime. Il avait alors enfermé Launola dans la cave de l'église. Le valet venait à peine de réussir à s'échapper par le soupirail.

« C'est tout ce que j'avais à dire. »

On le laissa partir. Quand la porte se fut refermée, le préfet dit d'un ton sévère :

« Quand un homme se comporte de cette façon, avec une telle outrecuidance, il faut l'arrêter au plus vite, avec l'aide de l'armée s'il le faut. Peut-on imaginer sacrilège plus odieux – un fou sonnant les cloches de la demeure du Seigneur! »

Le préfet ouvrit encore une fois la fenêtre du salon. Tous se turent pour écouter. Mais le mont Reutu était silencieux. Huttunen était déjà en route vers son camp de la rive ouest.

34

Quelques jours passèrent. Une vieille connaissance se présenta au camp de la Dune : Happola. Huttunen était allongé dans sa hutte, parcourant le manuel de technique commerciale des Kaitila, quand les mésangeais perchés sur le toit s'envolèrent brusquement, tirant l'ermite de ses études. Le fusil à la main, il attendit le visiteur. Quand il reconnut son compagnon d'asile, il lui demanda tout de suite :

« Comment es-tu arrivé si vite ici ?

– Tu m'as écrit, non ? Mais quelle expédition ! Tu habites sacrément loin, de nos jours. Mais tes explications étaient assez claires. C'est juste la boîte aux lettres que j'ai eu du mal à trouver. »

Happola avait l'air réjoui et en pleine forme. Il portait une veste de cuir neuve et une culotte de cheval à basanes. Aux pieds, il avait des bottes à haute tige, flambant neuves. Huttunen mit la bouilloire sur le feu et coupa du pain et du lard pour son visiteur.

Après avoir bu une première tasse de café, Happola passa aux choses sérieuses. Il expliqua qu'il avait quitté Oulu deux jours plus tôt, passé la nuit à Kemi et examiné le moulin de la Bouche.

« Hier et aujourd'hui, j'ai fait l'inspection de ton moulin.

– Et alors, qu'en penses-tu ? Il est en bon état, non ? », demanda impatiemment Huttunen.

Happola reconnut qu'il n'avait pas l'air en mauvais état, à première vue. Le bâtiment était repeint à neuf. Le barrage semblait solide. Les roues à eau paraissaient en état de marche. Il en était moins sûr pour la courroie de transmission. Huttunen répliqua qu'il avait commandé au printemps une nouvelle courroie pour les meules. Elle était dans l'entrepôt de la gare, il suffisait de régler la facture de la *Quincaillerie de Kemi*.

Happola ajouta :

« Je ne m'y connais pas beaucoup en moulins, mais les meules à gruau ont l'air plus neuves que les meules à farine. Et comme tu le sais, les meules à gruau ne sont guère rentables.

– Ne t'en fais pas, on peut encore moudre des années avec les meules à farine, affirma Huttunen.

– Le principal défaut de ce moulin est que les rondins à la base du bâtiment sont plutôt vermoulus. Du côté sud, il faudrait en changer au moins trois. Il y a aussi du bois pourri à l'extrémité de l'amenée d'eau. J'ai tâté ces rondins avec mon couteau, il s'est enfoncé de ça, et encore, de la main gauche », expliqua Happola en écartant le pouce et l'index.

Huttunen admit qu'il faudrait effectivement changer d'ici quelques années deux hauteurs de rondins du mur côté roue. Mais comme le moulin était bâti sur des piliers, la mise en place de nouveaux bois n'était pas une affaire.

« Il suffit de soulever les rondins au niveau des piliers, avec un levier, et d'en glisser de nouveaux dessous; après, il n'y a plus qu'à laisser retomber le bâtiment en place. C'est l'histoire d'un jour ou deux pour un charpentier.

— Mais ça joue sur le prix. Et n'oublie pas qu'en réalité je n'ai aucun besoin de ce moulin, je n'ai jamais travaillé dans les céréales. »

Happola fit quand même une offre d'achat. Le prix était bas, on n'aurait pu acheter avec cette somme qu'une petite cabane, ou deux, trois chevaux de trait attelés et harnachés. Huttunen dut cependant accepter le prix proposé, car on ne lui ferait pas de meilleure offre au fond de ces bois. Les hommes topèrent, l'affaire était conclue. Happola promit d'envoyer l'argent dès que le notaire aurait authentifié l'acte. Il assura qu'il s'occuperait des papiers dès son retour au village.

« Je connais un notaire à Kemi. Il faut seulement que je vérifie les hypothèques, même si je te fais confiance », dit Happola, qui avait l'air très satisfait d'avoir acheté le premier moulin de sa vie.

Les hommes se mirent à parler de leur temps d'hôpital. Huttunen demanda à Happola comment il avait négocié son départ.

Les traits de son compagnon se durcirent à cette évocation.

« Nom de Dieu, j'ai perdu plusieurs années de ma vie dans cette histoire. Les cinq dernières années que j'y ai passées étaient complètement inutiles. »

Happola expliqua que dès qu'il avait atteint la fin de sa dixième année de maladie, il avait été droit chez le médecin annoncer qu'en réalité il était en parfaite santé. Il avait raconté toute son histoire. Au début, on n'avait pas voulu le croire, mais finalement, quand il avait dévoilé sa double vie en ville, ils avaient dû se rendre à l'évidence. A contrecœur, on l'avait déclaré sain d'esprit. On avait quand même mis des conditions à sa libération.

« Ces imbéciles n'ont rien trouvé de mieux que d'appeler l'intendant-chef de l'hôpital. Il a déclaré que l'établissement n'entretenait pas gratuitement des gens en bonne santé.

« Il m'a mis sous le nez la note des cinq dernières années et a décrété que, si je ne payais pas, je ne sortais pas. Ils m'ont jeté dans une cellule d'isolement, capitonnée, et ils ont menacé de me passer la camisole si je ne crachais pas l'argent. »

Happola avait demandé de quel droit on lui demandait de payer cinq ans d'hôpital, autrement dit de nourriture et d'entretien. On lui avait répondu qu'en fait on aurait dû exiger le paiement pour dix ans, mais qu'il y avait prescription pour le manger et le coucher des cinq premières années. Happola avait donc payé à l'hôpital les soins qu'il avait reçus.

« La facture était vraiment démoniaque. Quel type cynique, cet intendant, et pingre. Les repas étaient presque comptés à des prix de restaurant, avec déjeuner, dîner et cures de soin. Et la chambre ! Comme si je m'étais prélassé cinq ans à l'hôtel ! J'ai dû payer tout le tremblement d'un coup. Dès que je suis sorti, j'ai foncé chez mon avocat et l'affaire sera jugée cet hiver. Mais il fallait payer, et j'ai payé. »

Happola était amer. Il rappela à Huttunen quel genre de nourriture on servait à l'asile.

« J'ai mangé leur brouet pendant dix ans. Il ne te convenait peut-être pas, mais moi je m'en suis gavé, et à quel prix, nom d'un chien!

– Ce n'était effectivement pas très bon », reconnut Huttunen. Il se rappela le plat de base de l'hôpital, une épaisse bouillie faite de flocons d'avoine destinés au bétail, pleine de grumeaux et généralement froide en arrivant sur la table. Il n'était pas rare d'y trouver des barbes entières.

« C'est comme ça qu'on dépouille les gens dans des établissements publics, se plaignit Happola. Heureusement, la guerre de Corée n'est pas finie. J'ai vendu seize hectares de bois à Kiiminki. C'est comme ça que j'ai payé ma facture d'hôpital. Et il me reste suffisamment de bénéfice pour pouvoir t'aider avec ton moulin. J'ai un acheteur à Kajaani, je ne l'achète pas pour le laisser dormir. »

Huttunen demanda comment leurs anciens compagnons de chambre se portaient. Happola hocha la tête.

« Toujours pareils. Sauf que Rahkonen est mort au début de juillet. C'était le type qui restait assis du matin au soir dans son coin, le front plissé. Un soir il est mort, sans un mot, il est juste tombé, comme ça. Quelques jours plus tard, on nous a amené à la place un fou un peu plus gai, du genre à rire pour un rien. Le maigriot, tu te souviens? Le pauvre garçon a très mal pris ta fuite. Plusieurs semaines, il a demandé quand tu reviendrais. Et puis la femme de ménage qui criait si fort. Elle a été transférée chez les femmes, mais quand elle a commencé à engueuler les folles, un

250

jour, elles l'ont prise et battue. Elle a eu la jambe cassée et elle est maintenant chez les diaconesses. Les
bonnes femmes lui ont si bien cassé la patte qu'elle ne
reviendra pas avant Noël. On a eu un nouveau
balayeur, un homme. Un fainéant. Il ne dit rien, mais
il ne fait rien non plus.

– Et le docteur ? »

Happola raconta que le médecin de service continuait à essuyer ses lunettes.

« Mais il a vraiment explosé quand j'ai été lui dire
que j'étais sain d'esprit et salut. Il s'est mis à crier et à
brailler et ne s'est calmé que quand les infirmiers sont
venus le menacer de lui passer la camisole. Ça a été
dur pour lui. On le comprend, quand on a soigné
quelqu'un pendant dix ans en le croyant fou et que
l'autre se pointe pour vous dire au revoir.

– Ce toubib était lui-même malade des nerfs.

– Ne m'en parle pas. Le docteur le plus fou de Finlande. »

Huttunen montra à Happola son campement, le
matériel pris chez Ervinen, l'arme et l'alambic de Piittisjärvi. Il parla de sa vie et de ses activités. Il expliqua
que son existence, compte tenu des circonstances, était
plutôt bien engagée. A la longue, cette vie d'ermite ne
pouvait cependant pas durer. L'hiver, survivre serait
difficile. Les autorités, la neige venue, risquaient de
découvrir le camp. Huttunen dit qu'il pensait
construire une cabane, plus loin dans la forêt. A condition de régler d'abord ses problèmes d'argent.

« La vie dans ces solitudes est plutôt dure. »

Huttunen raconta qu'il avait entrepris des études
commerciales. Il montra les cours de l'Institut d'ensei-

gnement par correspondance et employa des termes du monde des affaires. Happola écouta attentivement.

« Si tu n'étais pas provisoirement et officiellement fou, nous ferions une bonne paire. Moi, je n'ai jamais été dans le commerce. La vente en gros m'intéresse. Commence par suivre tes cours, après on verra. On pourrait fonder une maison de gros à Oulu ou Kemi. Je ferais la tournée des clients et tu t'occuperais de la paperasse et des affaires courantes. »

Huttunen proposa de la truite salée à Happola. Après le repas, il raccompagna son camarade jusqu'à la grand-route. Quand les homme se séparèrent, Happola serra longuement la main de Huttunen.

« Je t'enverrai un mot dans les jours qui viennent pour l'achat du moulin. Tu auras l'argent dès que les papiers seront signés, cent pour cent garanti. »

Huttunen, satisfait, regagna son camp. Cela faisait longtemps qu'il ne s'était pas senti aussi rassuré, l'avenir ne lui avait pas paru si serein depuis des mois. Il avait maintenant de l'argent en vue. Ses études avançaient... peut-être pourrait-il bientôt partir à l'étranger avec Sanelma Käyrämö, vers une vie nouvelle!

35

La semaine suivante, Piittisjärvi porta de nouveau du courrier et des légumes jusqu'au camp de la Dune. Dans sa lettre, la conseillère horticole Sanelma Käyrämö conseillait à Huttunen de ne plus hurler, car le préfet en personne avait paraît-il menacé d'envoyer l'armée l'arrêter s'il ne cessait pas ses cris et ses violences. Pour terminer, Sanelma déclarait qu'elle était désespérément amoureuse de Huttunen et soulignait l'importance des études commerciales. La consultante encourageait l'ermite à râper les tubercules apportés par Piittisjärvi et à les manger en salade.

Il y avait une autre lettre importante, de Happola. Huttunen l'ouvrit avec jubilation – la vente du moulin était donc réglée. Il n'avait plus qu'à signer les papiers et encaisser l'argent.

La déception de l'ermite fut épouvantable quand il lut le message de Happola. Ce dernier expliquait qu'il ne pouvait acheter le moulin car il avait été confisqué par le conseil d'aide sociale de la commune. Huttunen avait été déclaré irresponsable et il n'avait plus le droit ni de vendre ni d'hypothéquer ses biens.

Dans ces conditions, la vente est à l'eau. Essaie de faire lever l'interdiction et je t'achèterai ton moulin. Porte-toi bien. Happola.

Huttunen saisit son fusil, fourra le canon dans sa bouche avec l'intention de se tuer sur-le-champ. Piittisjärvi tenta de calmer son compagnon, déclarant que Huttunen serait fou de se tuer maintenant.

« Ce sont ces messieurs du village qui seraient contents. »

Huttunen réfléchit aux paroles du facteur ; ce dernier avait raison.

« Je vais brûler ce foutu moulin, comme ça on en sera débarrassé ! »

Il jeta son fusil sur son dos et partit du même élan vers le village. Piittisjärvi essaya de suivre le train de Huttunen, mais se fit distancer à mi-chemin du marais du Couteau. L'ermite disparut dans les profondeurs de la forêt. Piittisjärvi se dit qu'il y aurait un beau tohu-bohu au village, si Huttunen y allait dans cet état.

« Et avec un fusil, encore... »

C'était l'après-midi, le marécage enfonçait sous les pas de l'ermite, la boue giclait tandis qu'il courait vers la grand-route. Il dépassa la gare, traversa le Kemijoki à la rame et fila droit vers les rapides de la Bouche. Au passage, il arracha de pleines poignées d'écorce aux troncs des bouleaux. Trempé de sueur, il arriva au moulin. Faisant voler les clous qui la fermaient, il ouvrit la porte et fonça dans sa chambre.

Dans la caisse près du poêle, il prit une brassée de bois sec. A grands coups de couteau, il détacha une poignée de petites branches. Puis il porta le tout au rez-de-chaussée, où il prépara un feu sur le sol, entre les meules à gruau et à farine. Il disposa les bûches les unes contre les autres, glissa les morceaux d'écorce et les brindilles dans les intervalles et sortit des allumettes de sa poche. Il en frotta une, mais il était si énervé qu'elle s'éteignit entre ses mains tremblantes de fureur.

Huttunen jeta un regard à la ronde. Tout dans ce moulin était bon et familier : les murs, les meubles, la trémie, les huches à farine. Tout semblait demander grâce au maître des lieux, crier : ne nous brûle pas!

Huttunen ne craqua pas de nouvelle allumette. Il ramassa les matériaux destinés au feu, rétablit l'équilibre de son fusil sur son dos et quitta le moulin. Il attacha les bûches, les brindilles et les bouts d'écorce sur le porte-bagages de sa bicyclette. Puis il sauta en selle, comme un chasseur cycliste partant au combat.

« Nom de Dieu, je vais brûler tout le village », tonna-t-il. La crosse du fusil battant contre le cadre de sa bicyclette, l'ermite pédala vers le centre du village. La maison de Vittavaara, Siponen, le magasin, défilèrent. Huttunen ralentit près de la boutique, songea à flanquer le feu à l'établissement de Tervola, mais trouva la proie trop insignifiante. Sa vengeance ne pouvait se satisfaire de si peu. Huttunen n'arrêta sa bicyclette que devant l'édifice des pompiers. Il pourrait peut-être commencer par là.

Mais son regard tomba sur la nouvelle église, le monument le plus imposant du canton, qui trônait au milieu du cimetière. L'ermite eut une révélation.

« C'est ça que je vais brûler, pour leur apprendre! »
Huttunen pédala à travers le cimetière jusqu'à la

porte principale de l'église. Les alentours étaient déserts, mais le portail était ouvert. Il porta son matériel à l'intérieur et entreprit de dresser un bûcher dans l'allée centrale, juste devant l'autel. La crosse du fusil heurta le plancher quand Huttunen s'accroupit devant son feu, réveillant les échos de la grande église.

Quand le foyer fut prêt à être allumé, Huttunen se redressa pour chercher des allumettes au fond de sa poche. Il jeta un regard furieux et vengeur sur la majestueuse salle qui l'entourait. Son œil fut attiré par la peinture d'autel, qui représentait Jésus sur sa croix. Huttunen montra le poing au tableau.

« Bougre d'âne! Pourquoi a-t-il fallu que tu fasses de moi un fou? »

On eût dit que le Christ de la peinture d'autel fixait Huttunen droit dans les yeux. L'air de souffrance du Sauveur se fit d'abord étonné, puis amusé et indulgent. Il ouvrit la bouche et se mit à parler. La grande nef résonna quand le Christ dit à l'ermite :

« Ne blasphème pas, Huttunen. En principe, ton esprit n'est pas plus dérangé qu'un autre. Tu as eu de bonnes notes à tes devoirs de l'Institut d'enseignement par correspondance. Tu as plus d'intelligence que Vittavaara et Siponen réunis, et beaucoup plus que le pasteur de cette paroisse, qui a pourtant eu l'occasion de développer son savoir par des études universitaires. J'ai toujours détesté ce pasteur, c'est un type complètement insignifiant, un ecclésiastique détestable. »

Huttunen écouta bouche bée. Était-il en train de devenir définitivement cinglé, ou la peinture d'autel lui parlait-elle?

Jésus continua d'une voix douce mais audible.

« Chacun de nous doit porter sa croix, Huttunen...
toi comme moi. »

Huttunen s'enhardit à contredire Jésus.

« Est-ce qu'en ce qui me concerne on ne va pas un
peu loin! Être pourchassé comme ça depuis bientôt six
mois! Je me suis gelé dans les bois pendant des
semaines, et puis ils m'ont traîné à l'asile d'Oulu... On
ne pourrait pas s'en tirer à moins? »

Jésus hocha la tête d'un air compréhensif. Mais
ensuite il se mit à parler de ses propres malheurs.

« Tes difficultés ne sont pas bien grandes, Huttunen, par rapport à ce que les gens m'ont fait subir
autrefois. »

Les traits du Christ se durcirent à l'évocation de sa
vie.

« On m'a persécuté toute mon existence... pour finalement me clouer vivant sur une croix. J'ai dû en supporter, des choses, Huttunen. Tu ne t'imagines pas
comme cela fait mal quand on te plante des clous de
cuivre de cinq pouces dans les paumes et les plantes de
pied. On m'a enfoncé sur les tempes une couronne
d'épines et on a dressé la croix. Le pire a été de rester
accroché là, après. Personne ne peut comprendre cette
douleur s'il n'a pas lui-même été cloué à une croix. »

Jésus regarda sérieusement Huttunen.

« Je suis un homme qui a beaucoup souffert. »

Huttunen détourna le regard de la peinture d'autel,
tripotant sa boîte d'allumettes. Il ne savait trop que
répondre à Jésus. Ce dernier dit :

« Mais si tu as vraiment décidé de brûler cette église,
Huttunen, je n'ai rien contre. Je n'ai jamais aimé cette
bâtisse. Je préfère la vieille église sur la colline. La

construction de celle-ci était une manifestation de la folie des grandeurs des bonshommes de ce canton. Mais n'allume pas ton feu juste devant l'autel. Va dans la sacristie ou dans le vestibule, le feu s'étendra bien de là-bas, l'église est sèche. Et tu pourrais emporter ce fusil... ce n'est pas très convenable d'entrer ici les bras pleins de bûches et le fusil au dos. Tu es quand même dans un lieu consacré. »

Huttunen, vaguement confus, s'inclina devant l'image du Christ, ramassa son bois de devant l'autel et le porta dans le vestibule. Là, il alluma rapidement le brasier. Les brindilles et les morceaux d'écorce s'enflammèrent joyeusement. Une épaisse fumée envahit le vestibule et la nef.

L'entrée en fut bientôt si pleine que Huttunen dut ouvrir la porte vers l'extérieur. Lui-même recula dans l'église, s'assit sur un banc pour se frotter les yeux. Il n'aurait jamais cru qu'un aussi petit feu dégagerait autant de fumée, cela devait être dû au fait qu'il n'y avait pas de vent dans l'église.

Un nuage de fumée s'échappa par la porte ouverte, plana au-dessus du cimetière et prit la direction du village, passant devant la tour des pompiers. Les premiers sauveteurs se précipitèrent, des seaux cliquetant dans les mains. Pendant ce temps, Huttunen essayait de raviver le feu dans le vestibule de l'église. Il souffla sur les braises, les faisant rougeoyer ; de nouvelles flammes jaillirent. La fumée l'obligeait à se réfugier de temps en temps dans la nef.

Dehors, on entendait crier les gens venus éteindre l'incendie. La fumée s'épaissit encore dans l'église quand les sauveteurs commencèrent à jeter de l'eau sur le feu. Le brasier siffla et les flammes cessèrent de danser. Huttunen ne voyait pas les éteigneurs, mais d'après les voix ils étaient nombreux. Il fallait maintenant fuir, il ne maîtriserait pas une foule pareille, même en la menaçant de son arme. Huttunen prit une profonde inspiration et courut dans le vestibule de l'église, enjamba les cendres chuintantes et sortit à l'air libre, le fusil au dos, les mains sur ses yeux larmoyants. Les gens effrayés s'écartèrent sur son passage. Bientôt, le meunier y vit suffisamment clair pour traverser le cimetière au pas de course. Il sauta par-dessus les tombes, bondit derrière la haie et disparut dans la forêt.

Le commissaire Jaatila arriva sur les lieux. Il put constater que le feu était éteint. Quand on lui raconta que le meunier Gunnar Huttunen avait essayé d'incendier l'église, il déclara d'un ton sans réplique :

« Dès demain matin, on va organiser une grande battue. Je vais téléphoner à Rovaniemi pour avoir des soldats et des chiens de guerre. »

36

Un train de marchandises, fait inhabituel, s'arrêta le matin à la gare. En queue du train, il y avait un wagon à bestiaux dont on ouvrit la double porte. Une demi-section de chasseurs cyclistes casqués sauta sur le quai. Ils avaient avec eux une tente militaire, une cuisine roulante, deux chiens de l'armée, et chaque homme était muni d'un pistolet-mitrailleur. Les sergents beuglèrent pour rassembler le détachement. Le chef de l'expédition, un jeune lieutenant endurci, présenta ses hommes au commissaire Jaatila.

« Bienvenue, soldats! Une mission dangereuse et difficile vous attend, mais j'ai confiance en vous et surtout en vos chiens. »

Le commissaire offrit une cigarette au lieutenant. Les sergents firent ranger la troupe en ordre de marche. Le détachement se mit bruyamment en branle vers le bac. On attela le cheval de Vittavaara à la roulante. Les chiens de guerre et le lieutenant montèrent dans la voiture du commissaire. Les gueules des molosses avaient été rendues inoffensives par des muselières. C'étaient de gros bergers allemands à la fourrure épaisse, sinistres et nerveux. Le lieutenant en caressa un et annonça fièrement au commissaire :

« Celui-ci s'appelle Terreur des Frontières, l'autre, c'est Nez-Blanc. Ces gars-là n'ont aucun sens de l'humour. »

A la descente du bac, les soldats se dirigèrent vers le terrain de sports, où un groupe de civils était réuni, équipé de fusils et de sacs à dos. En comptant les femmes et les enfants, il y avait plus de monde que pour le championnat départemental d'athlétisme.

Le commissaire, armé d'un haut-parleur, donna des ordres. On distribua des vivres et des cartes. Les fermiers furent répartis en groupes de dix. Le soleil brillait, le temps se prêtait au déclenchement d'une opération d'envergure. On distribua des cartouches aux bonshommes. Les gardes-frontières chargèrent leurs mitraillettes.

« Ça risque d'être duraille, fit remarquer l'un des chasseurs.

– Moi, je préfère la chasse à l'homme aux feux de forêt. L'été dernier, on a travaillé deux semaines entières à en éteindre un à Narkaus. On avait tous une couche de suie de cinq centimètres sur la figure quand on a eu fini.

– Pendant la guerre, on m'a envoyé deux ou trois fois chercher des espions parachutés derrière nos lignes. Traquer ce fou devrait être le même genre de boulot.

– Heureusement qu'on nous a donné des casques, nota un autre soldat. Il paraît que le fou a un fusil. S'il ne nous touche pas de plein fouet, ça ricochera. »

Le lieutenant ordonna aux hommes de se taire et

261

d'écouter les instructions du commissaire. Ce dernier conclut son discours.

« Je souligne encore une fois que l'homme que nous pourchassons est armé et extrêmement dangereux. S'il ne se rend pas à la première sommation, il faudra recourir à la force. Vous voyez ce que je veux dire. »

Le commissaire se tourna vers le lieutenant.

« Entre nous... ce Huttunen, on pourrait tirer dessus à vue.

– Je comprends. »

On divisa les groupes de recherche en deux : une vingtaine de civils furent chargés de ratisser les forêts à l'est du Kemijoki, tandis que le gros des troupes embarquait sur le bac pour repasser le fleuve et fouiller les bois de la rive ouest. Le commissaire installa son poste de commandement à la gare.

Quand le facteur Piittisjärvi apprit cela, il s'inquiéta aussitôt pour sa fabrique de gnôle. Il enfourcha sa bicyclette, doubla le convoi et pédala jusqu'à la boîte aux lettres de Huttunen ; là, il cacha sa bécane et partit à toute allure sauver son alambic et, par la même occasion, prévenir Huttunen. Parvenu au camp de la Dune, il constata qu'il était désert. Il appela doucement Huttunen, mais personne ne répondit. L'ermite était apparemment parti pêcher au bord de la rivière, car son fusil et son attirail de pêche avaient disparu.

Piittisjärvi démonta son alambic, cacha cuves et tuyaux entre les racines de grands sapins noirs et sortit son bidon d'eau-de-vie des profondeurs du trou d'eau. Il y restait cinq bons litres de nectar des bois.

Piittisjärvi laissa un mot sur le sac à dos de Huttunen.

Huttunen, l'armée est à tes trousses. Prends tes jambes à ton cou, de la part de Piittisjärvi.

Le facteur hissa le bidon de gnôle sur son dos et quitta le camp. Il pensait atteindre la sécurité de la grand-route avant que la troupe n'ait le temps de ratisser le coin. Mais il fallait faire vite, il n'avait pas même le temps de fumer une cigarette. Déjà beau s'il osait boire de temps à autre une gorgée d'alcool à son bidon.

C'était la deuxième fois que Piittisjärvi était obligé d'évacuer son installation cet été. Si la fois précédente il avait dû se dépêcher, cette fois-ci il y avait réellement urgence. Il courait à travers les marécages mouvants et les forêts touffues avec une seule idée en tête : arriver de l'autre côté de la route avant que les soldats n'envahissent les bois.

Mais les gardes-frontières, bien entraînés, s'étaient rapidement déployés en ligne. Ils se déplaçaient silencieusement dans la forêt et le petit facteur trempé de sueur se jeta droit dans leurs bras. L'un des chiens poussa un bref hurlement et aurait mis le bonhomme en pièces si son dresseur n'était pas accouru à son secours avec une muselière.

Piittisjärvi et sa gnôle furent conduits à la gare au poste de commandement du commissaire. Jaatila interrogea un moment le facteur, puis Portimo l'emmena en prison. L'eau-de-vie fut impitoyablement répandue sur le sol. Les larmes montèrent aux yeux du postier.

L'après-midi, les chasseurs trouvèrent le camp de Huttunen, le détruisirent et apportèrent au commissaire le message laissé par Piittisjärvi. Jaatila courut immédiatement à la prison et passa au facteur une mémorable raclée à la matraque plombée. Piittisjärvi pleura, geignit, implora pitié, mais en vain. Le commissaire exigea des renseignements sur Huttunen, mais le bonhomme refusa de lui en donner. On lui présenta le courrier de l'ermite – les devoirs de l'Institut d'enseignement par correspondance, quelques lettres d'amour et la dernière missive de Happola. Comment Huttunen avait-il reçu son courrier ? Piittisjärvi, couvert de bleus, fut héroïque.

« Vous pouvez me tuer, je ne trahirai pas un copain. »

Et Piittisjärvi se tut, malgré une deuxième rouste administrée par le commissaire. Quand Jaatila, furieux, quitta la cellule, Piittisjärvi cria sur ses talons :

« Jamais je ne révélerai les secrets de la poste à un tel chien ! »

Le commissaire mit la main sur Sanelma Käyrämö et la soumit à un interrogatoire serré. Mais la consultante n'avoua rien, bien qu'il la menaçât des foudres du préfet et de l'Association des clubs ruraux. Sanelma Käyrämö éclata en sanglots et implora grâce pour Huttunen, disant que s'il pouvait s'expliquer, il sortirait sûrement des bois de son plein gré. Le commissaire en prit bonne note. Il cracha avec mépris à la consultante :

« Vous voulez que je vous dise ce que je pense des femmes qui dorlotent les fous ? Pire que des putains ! »

Au camp de la Dune, on lâcha les chiens sur les traces de Huttunen. Battant de la queue, ils s'élancèrent, entraînant les soldats le long du ru du Cou-

264

teau, vers l'amont. La piste de Huttunen était fraîche, les limiers, excités, foncèrent à travers les fourrés de la rive. Par moments, ils grognaient et aboyaient, sans se soucier de leurs dresseurs qui leur ordonnaient de fermer leur gueule.

Huttunen pêchait à la mouche au bord du ru du Couteau, à la lisière d'une tourbière. Il avait pris deux ombres et songeait à rentrer au camp. Il alluma une cigarette, regardant mélancoliquement le cours tranquille du ruisseau. Le jour tirait vers le soir. Huttunen avait envie d'écrire à Sanelma Käyrämö. Il voulait lui raconter les derniers événements. Maintenant qu'il ne pouvait plus vendre le moulin, il ferait peut-être bien de partir plus au nord, de construire une cabane au plus profond des bois pour y passer l'hiver. Il devrait se tailler des skis et fabriquer des tonneaux, cueillir des baies et abattre des oiseaux. Peut-être serait-il bon de fumer un élan en prévision de l'hiver.

L'ouïe fine de l'ermite discerna des aboiements vers l'aval du ruisseau. En tendant l'oreille, Huttunen put distinguer des voix d'hommes étouffées. Il porta ses jumelles à ses yeux et scruta la rive opposée du marécage. Dans la lumière du soir, il vit des soldats casqués en uniforme gris. Deux gros chiens-loups couraient le long du ruisseau dans sa direction. L'ermite devina aussitôt que c'était lui qu'on poursuivait. Il chargea son fusil, laissa tomber son matériel de pêche et ses poissons au bord de l'eau et s'enfuit à toutes jambes vers une petite colline qui se dressait de l'autre côté du marais.

Les chiens arrivèrent bientôt au lieu de pêche abandonné. Ils se jetèrent sur les poissons gisant sur le sol pour les dépecer. Huttunen prit l'un des limiers dans sa ligne de mire et tira. Le chien de guerre émit un bref jappement et s'écroula mort. Les chasseurs se terrèrent aussitôt. Le deuxième chien fonça à travers le marais vers la colline où Huttunen était couché, le fusil en joue.

Quand l'animal ne fut plus qu'à cinquante mètres, Huttunen le tua. Le mâtin fit la culbute et resta sur le flanc, muet. Les gardes-frontières formèrent une chaîne. Ils se ruèrent à l'assaut du coteau. Quelqu'un tira une brève rafale de mitraillette.

Huttunen s'enfuit vers le nord. Il courait aussi vite qu'il le pouvait, se disant que ses poursuivants devraient être de rudes gaillards pour le prendre vivant.

Toute la nuit, les chasseurs cyclistes galopèrent dans les bois, sans même apercevoir l'ombre de Huttunen. Au petit matin, on rassembla les troupes au camp de la Dune, où Vittavaara avait amené la cuisine de campagne sur un travois. On dressa la tente militaire. Les fermiers et les soldats fatigués se réunirent pour manger et dormir.

On attacha les chiens morts à une perche, par les pattes. Quatre hommes furent chargés de les porter au village. Quand le cortège épuisé parvint au poste de commandement du commissaire, ce dernier grommela en montrant les chiens :

« Vous avez rapporté ces charognes pour qu'on les mette en terre consacrée ? »

Le lieutenant s'énerva.

« Fais pas chier. On a quand même trouvé le campement du fou. »

Le lieutenant donna l'ordre d'ensevelir les chiens. Les chasseurs leur creusèrent une tombe au carrefour de la gare, à côté du transformateur. Il y avait près de là la ferme du père Rasti, où une réunion paroissiale devait se tenir le soir même. On entendit un lointain cantique. Le lieutenant jura.

« Dépêchez-vous de m'enterrer ces chiens. Ils chantent des psaumes, maintenant, nom de Dieu, quel patelin. »

Dans la ferme, Leskelä, prédicateur laïc de son état, parlait et priait pour Huttunen.

« Cher Bon Dieu, accueille le meunier Huttunen le plus vite possible près de toi dans les cieux, ou laisse-le tomber entre les griffes de l'armée, au nom de la chair et du sang de Jésus-Christ, amen ! »

37

Pendant trois jours, les soldats et la population mâle du canton ratissèrent en vain les bois et les marais. Puis les fermiers rentrèrent chez eux sans tambour ni trompette, raccrochèrent leur fusil et retournèrent aux travaux des champs. Les gardes-frontières plièrent leur tente, firent ramener la cuisine de campagne à la gare et chargèrent leur matériel dans le wagon à bestiaux. Le wagon fut accroché sans autres formalités à un train de marchandises allant vers le nord. La locomotive à vapeur siffla, l'armée était partie.

Il ne resta dans le canton pour tout souvenir de la grande battue qu'un tertre retournant lentement à la nature, au carrefour de la gare. Sous la terre reposaient deux héroïques chiens de guerre. Les petits enfants prirent l'habitude, cet automne-là, de venir tous les dimanches chanter sur leur tombe les mêmes cantiques de Sion que le prédicateur Leskelä leur faisait chanter chez eux aux réunions paroissiales.

Une fois par jour, le commissaire Jaatila passait à la prison donner une raclée au facteur Piittisjärvi, mais il se fatiguait pour rien. Coriace, l'homme supportait héroïquement les coups, au nom de l'inviolabilité du secret postal.

Ni la force ni le nombre n'ayant permis d'arrêter Huttunen, le commissaire se résolut à employer la ruse. Il prit contact avec la conseillère horticole Sanelma Käyrämö, à qui il annonça que les autorités avaient finalement décidé d'absoudre le meunier. Ce dernier devait toutefois commencer par sortir des bois.

« Allons à la prison expliquer au facteur Piittisjärvi qu'il peut transmettre à Huttunen une lettre d'amnistie officialisant la chose. Je vous jure que les méfaits de votre meunier seront oubliés. On ne lui imposera qu'une petite amende, rien de plus. »

Le commissaire rédigea une missive à l'intention de Huttunen. La conseillère y ajouta un petit billet lui demandant de venir au village et de se rendre. Le passé lui serait pardonné.

Le commissaire prit les lettres et alla avec la consultante convaincre le facteur de les porter.

Piittisjärvi soupçonna d'abord un piège, mais quand le commissaire eut apposé un tampon officiel sur la lettre de rémission et l'eut cachetée de cire, le postier crut que la justice avait triomphé et promit de transmettre le message à Huttunen. Il exigea de le faire seul, sans que personne ne sache où il porterait le courrier.

Le commissaire accepta volontiers la condition. On apporta aussitôt dans la cellule une profonde assiettée de potée fumante. On donna à Piittisjärvi un paquet de cigarettes Saimaa et, après le repas, le masseur du village, Asikainen, vint enduire le dos du bonhomme du liniment, car il était sillonné de douloureuses marbrures noires, souvenir de la matraque plombée du commissaire. Le soir, au crépuscule, on ouvrit la porte de la prison. Piittisjärvi fut remis en liberté pour accomplir la tâche qui lui était assignée.

Le commissaire avait efficacement organisé la filature du facteur : le valet Launola, Vittavaara et lui-même le suivirent jusqu'à la gare, se glissèrent silencieusement dans la forêt tandis que le vieux gagnait la boîte aux lettres de Huttunen. Piittisjärvi jetait des regards derrière lui, tentant de s'assurer qu'il était seul, mais il ne s'aperçut pas qu'il était suivi. Il porta donc les lettres à destination, puis revint sur la route, mine de rien.

Dès que Piittisjärvi eut dévoilé l'emplacement de la boîte, on le reprit. On le ramena sans ménagement en cellule. Aucune protestation n'y fit. Il échappa pourtant cette fois-ci à sa raclée, car le commissaire était pressé de se mettre à l'affût.

Jaatila et les hommes du village surveillèrent la boîte aux lettres pendant un jour et demi avant que le piège ne se referme. Huttunen, sérieusement affamé, apparut vers cinq heures du matin, au petit jour, pour examiner le contenu de sa boîte. Le valet Launola, qui était de garde, courut aussitôt annoncer la nouvelle au commissaire.

Huttunen s'approcha précautionneusement de la boîte, mais, la forêt étant déserte, il s'enhardit à soulever le couvercle. Il lut plusieurs fois les lettres du commissaire et de la consultante. Quand il comprit quelle offre magnifique elles contenaient, son inquiétude se dissipa et, bien qu'il fût épuisé, il sentit couler en lui un regain d'espoir et de forces. Il était tombé dans le piège. Les traqueurs embusqués pouvaient frapper.

Huttunen fourra les lettres dans ses poches et gagna la grand-route. Il prit le chemin du bac, mais il avait à peine eu le temps de faire quelques pas que ses suiveurs lui sautèrent dessus des deux côtés de la route. L'ermite, totalement pris au dépourvu, fut jeté à terre. On lui lia aussitôt solidement les mains et les pieds. Le commissaire lui caressa le dos de quelques coups de matraque, à lui en faire vibrer les omoplates. Vittavaara amena son cheval et bientôt la route résonna sous les sabots du vieux hongre galopant vers le bac. Huttunen gisait attaché dans la carriole, le commissaire et Vittavaara étaient assis sur lui et fouettaient le cheval. Arrivé à l'embarcadère, le hongre fumait et écumait d'avoir tant couru. Huttunen, immobile et muet au fond de la charrette, regardait tristement le ciel.

La nouvelle de la capture du meunier avait été téléphonée au village, de l'autre côté du fleuve. Quand le bac accosta, une foule serrée l'attendait. Le canton, soulagé et réjoui, regardait le dangereux trésor ligoté dans la charrette. On demanda à Huttunen s'il avait toujours envie de hurler. Encore dans l'idée de sonner les cloches ? Était-il de nouveau venu mettre le feu à l'église ou piller la banque, et avec un cheval, cette fois-ci ?

L'instituteur de l'école communale, Tanhumäki, avait apporté son appareil photo. On arrêta le hongre pour la prise de vue. L'instituteur se fraya un passage à travers la foule, demanda à Jaatila de tenir les rênes, afin d'avoir sur l'image le cheval, le commissaire, la carriole et le fardeau ficelé au fond. Huttunen détourna le visage de l'appareil, mais Launola vint d'autorité lui visser la tête dans le bon sens. Huttunen ferma les yeux quand l'appareil cliqueta. La photo prise, le commissaire tendit les rênes à Vittavaara, qui frappa le cul du cheval.

On porta l'ermite en prison. Le commissaire ordonna au gardien de la paix Portimo de les suivre dans la cellule. On assit Huttunen sur le banc de béton, aux côtés de Portimo. Le commissaire, avec des menottes, attacha le poignet gauche du policier au poignet droit de l'ermite. Après seulement, il libéra de leurs liens les mains et les pieds du prisonnier. Puis il quitta la cellule, laissant Portimo et Huttunen assis main à main. Jaatila jeta un œil par le guichet de la porte et dit au policier :

« Tu restes là à garder ce fou. »

Le judas claqua, les pas du commissaire s'éloignèrent vers le bureau.

Portimo et Huttunen restèrent seuls. Le gardien de la paix dit tristement :

« Te voilà bien, Nanar.

– C'est la vie. »

Le lendemain matin, le commissaire fit venir le prisonnier et son gardien dans son bureau. Siponen, Vittavaara et Ervinen étaient là. Jaatila tendit à Portimo un billet rédigé par Ervinen. Il était adressé à l'asile psychiatrique d'Oulu. Le commissaire remit aussi au policier des bons de transport pour le train. Portimo prit les papiers. Il ne put s'empêcher de remarquer :

« Même un commissaire devrait tenir parole. C'est pas juste de renvoyer Nanar à Oulu.

– Silence! Les promesses faites à un aliéné mental ne lient pas les autorités. Ferme donc ta gueule, Portimo, et fais ton travail. Le train part à onze heures, on va nourrir Huttunen avant. Vous voyagerez dans le compartiment du contrôleur, et toi, Portimo, tu es responsable de cet homme. »

Ervinen regarda ironiquement Huttunen.

« L'été a été long et joyeux, Huttunen. Mais c'est fini. En tant que médecin, je peux te jurer que tu n'auras plus jamais l'occasion de venir faire l'imbécile dans ce canton. Il est écrit dans ce billet que tu es un débile mental incurable, jusqu'à la mort. Tu as hurlé tes derniers hurlements, Huttunen. »

Soudain, Huttunen se mit à grogner et à montrer les dents. Il baissa la tête et coucha les oreilles d'un air si menaçant que les fermiers et le docteur reculèrent et que le commissaire sortit son pistolet du tiroir du bureau. Un grondement sourd s'échappait de la gorge du meunier, ses dents luisaient. Portimo, à grand-peine, parvint peu à peu à le calmer. Huttunen grogna encore longtemps comme un loup acculé dans son antre, les yeux étincelant de rage contenue.

On emmena l'ermite et le policier en voiture au domicile de Portimo, où l'on servit un dernier repas à Huttunen. La femme de Portimo avait fait griller du poisson. Elle posa sur la table du babeurre frais, du pain d'orge tout chaud et du vrai beurre. Comme dessert, il y avait des crêpes. Huttunen et Portimo mangèrent côte à côte, l'un de la main gauche, l'autre de la droite. Le commissaire contemplait avec impatience le déroulement du repas.

« Mangez donc! Et quelle idée de se mettre à faire

des crêpes pour un prisonnier fou, ce n'était vraiment pas la peine de vous donner tant de mal. Il ne faut pas rater le train. Cette histoire doit être réglée le plus rapidement possible. »

La conseillère horticole Sanelma Käyrämö entra. Elle avait pleuré toute la nuit. Sans rien dire, elle s'approcha de Huttunen et lui mit la main sur l'épaule. Se tournant vers le commissaire, elle dit d'une voix brisée :

« Et moi, pauvre folle, qui ai cru ce traître. »

Le commissaire, gêné, toussota d'un air officiel. Il pressa le départ. Portimo et Huttunen se levèrent de table. Huttunen serra de sa main gauche la main de Sanelma, la regarda dans les yeux et sortit de la maison dans le sillage de Portimo.

Dehors, le policier fit ses adieux à sa femme. Puis il entraîna Huttunen vers la remise, sifflant son chien. Le spitz-loup gris courut en jappant vers son maître, sauta contre lui, lui lécha le visage. Il lécha aussi la figure de Huttunen, qui avait été obligé de se pencher, tiré par les menottes.

« Nom de Dieu, voilà qu'on dit au revoir aux chiens, maintenant », gronda impatiemment le commissaire.

On fit monter Portimo et Huttunen en voiture, les portes claquèrent et on partit pour le bac, où les cyclistes les plus rapides étaient déjà arrivés. Une foule compacte attendait à la gare. Tout le canton voulait voir comment on embarquait Huttunen pour son dernier voyage vers Oulu.

Le commissaire demanda au chef de gare si le train était à l'heure et s'entendit répondre qu'il devrait.

274

« Et pourquoi n'est-il pas là, alors? s'énerva Jaatila.

– Les trains ne sont jamais si à l'heure que ça »,
répondit le chef de gare.

Le train entra en gare. La lourde locomotive à
vapeur s'immobilisa. On accompagna Huttunen et
Portimo jusqu'au compartiment du contrôleur. Ils
montèrent d'un même pied dans le wagon. Le train
siffla et se mit en mouvement. Huttunen se tenait
devant la portière ouverte, on apercevait derrière lui la
silhouette du gardien de la paix Portimo. Le train
passa devant la foule rassemblée sur le quai. Huttunen
ouvrit la bouche : un formidable hurlement monta
vers le ciel. A côté, le sifflement du train semblait un
faible gazouillis.

Le wagon laissa derrière lui des spectateurs écœu-
rés. La porte se referma. L'aiguillage grinça à l'extrémité des voies, le train s'éloigna. Ce n'est que lorsque
le bruit des roues se fut totalement éteint que la foule
commença à se disperser. La femme du gardien de la
paix Portimo quitta la gare à l'écart des autres, soutenant la conseillère horticole Sanelma Käyrämö, en
pleurs. Le commissaire monta en voiture et s'en fut.
Le chef de gare roula son drapeau de départ vert et
grommela :

« Il y avait plus de monde que pour le préfet. »

38

On apprit que Huttunen et Portimo ne s'étaient pas présentés à l'asile d'Oulu. Le commissaire Jaatila fit savoir dans tout le pays qu'ils étaient recherchés, mais on n'obtint jamais aucune information sur le sort des deux hommes. Interpol même ne put rien apprendre de plus.

Cet automne-là, la conseillère horticole Sanelma Käyrämö s'installa comme locataire chez la femme du gardien de la paix Portimo. Elles firent table commune, vivant à peu près correctement grâce aux légumes, si avantageux. Piittisjärvi, qui avait du temps devant lui depuis qu'on lui avait retiré son poste de facteur, s'occupait des travaux les plus lourds.

En octobre, le spitz gris de Portimo se sauva de chez lui... Il disparut dans la forêt. Quand vint l'hiver, on repéra ses traces dans le marais de Reutu. On constata qu'il ne courait pas seul dans les bois, mais était accompagné d'un grand loup, un mâle solitaire d'après les empreintes. Par les nuits de grand gel, on entendait dans le marais le hurlement plaintif du loup, et l'on distinguait parfois les mélancoliques aboiements du vautre de Portimo.

On disait au village que le loup et le chien venaient souvent rôder la nuit autour des habitations. On prétendait que la conseillère horticole et la femme du gardien de la paix les nourrissaient en secret.

Peu avant Noël, on découvrit que les deux bêtes étaient passées dans le poulailler de Siponen. Ses vingt poules avaient toutes été égorgées.

Quand Vittavaara, la semaine de l'Avent, tua le cochon engraissé pour Noël et le suspendit, échaudé et raclé, à une poutre de sa grange, il disparut dans la nuit. On trouva sur le sol des empreintes fraîches de chien et de loup. On ne récupéra jamais le cochon.

Au cours de l'hiver, ces créatures velues surprirent le commissaire Jaatila et le Dr Ervinen sur la glace de l'étang de Reutu. Les hommes pêchaient au trou quand le loup et le chien, quittant le couvert de la forêt, se ruèrent sur eux. Ils leur auraient fait un mauvais sort s'ils n'étaient parvenus à grimper dans les pins qui poussaient au bord de l'étang. Il gelait à pierre fendre. Le loup et le chien, grondant sauvagement, gardèrent le commissaire et le docteur prisonniers pendant trente-six heures. Ils mangèrent les provisions de leurs sacs et firent rouler les bouteilles thermos dans l'ouverture de la glace. Le commissaire eut son meilleur bras gelé jusqu'au coude et le docteur le nez. Peut-être auraient-ils trépassé dans leurs pins couverts de givre, si un bûcheron compatissant ne les avait pas sauvés de leur triste situation.

La mère Siponen avait pris coutume d'aller tous les dimanches à l'église. Comme elle se prétendait toujours invalide, le valet Launola devait atteler le cheval pour l'occasion. On portait directement la fermière du traîneau au banc d'église sur lequel on l'étendait. Elle prenait au premier rang la place de cinq paroissiens, mais on l'accordait volontiers à la pauvre femme incapable de se mouvoir.

Un jour, un loup efflanqué et un mâtin ébouriffé attaquèrent l'équipage en route pour l'église sur la glace du Kemijoki. Le cheval s'emballa et cassa ses brancards, le traîneau versa, le valet s'enfuit sur le dos du hongre. La grosse mère Siponen resta dans la neige à la merci des attaquants. Elle ne se serait pas tirée vivante de cet accident si elle n'avait pas couru sur ses courtes jambes se mettre à l'abri dans la maison du passeur. Les traces de fuite de la pauvre femme paralytique sur la glace du Kemijoki suscitèrent une admiration unanime, surtout chez les amateurs de sport.

Les hommes du canton tentèrent par tous les moyens de tuer le loup et le chien, mais on ne les prit jamais. Ils étaient trop rusés et impudents. Leur complicité était sans faille, ils formaient un couple sauvage et effrayant.

Quand dans le froid glacial de la nuit on entendait dans la direction du mont Reutu le hurlement déchirant du loup, les gens disaient :

« Dans un sens, les hurlements de Huttunen étaient plus naturels. »

DU MÊME AUTEUR

DU MÊME AUTEUR

Aux Éditions Denoël

LE LOUP DE VATANEN, roman, 2005.
LE MEUNIER HURLANT, roman, 2005.
LA FÊTE DU BŒUF DU LAPON, 2007.
LE FORÊT DES RÂLES PENDUS, roman, 2006.
PRISONNIERS DU PARADIS, roman, 2005.
LA CAVALE DU GÉOMÈTRE, 2007.
LE DOUCE EMPOISONNEUSE, roman, 2001.
PETITS SUICIDES ENTRE AMIS, roman, 2005.
UN HOMME HEUREUX, roman, 2007.

COLLECTION FOLIO

Impression Novoprint
à Barcelone, le 5 avril 2007
Dépôt légal : mai 2007
Premier dépôt légal dans la collection: janvier 1994

ISBN 978-2-07-038848-6./ Imprimé en Espagne

Impression Novoprint
à Barcelone, le 5 avril 2007
Dépôt légal : mai 2007
Premier dépôt légal dans la collection : janvier 1991
ISBN 978-2-07-038848-6 Imprimé en Espagne